中华远古神话衍说
三皇五帝

刘勤　等著

帝喾神话

神明圣德

生活·读书·新知 三联书店

Copyright © 2020 by SDX Joint Publishing Company.
All Rights Reserved.

本作品版权由生活·读书·新知三联书店所有。
未经许可，不得翻印。

图书在版编目(CIP)数据

神明圣德：帝喾神话 / 刘勤等著. — 北京：生活·读书·新知三联书店，2020.8

(中华远古神话衍说·三皇五帝)
ISBN 978-7-108-06768-5

Ⅰ.①神… Ⅱ.①刘… Ⅲ.①神话—作品集—中国 Ⅳ.①I277.5

中国版本图书馆 CIP 数据核字(2020)第 025775 号

责任编辑　韩瑞华
封面设计　刘　俊
责任印制　黄雪明
出版发行　生活·讀書·新知 三联书店
　　　　　(北京市东城区美术馆东街 22 号)
邮　　编　100010
印　　刷　常熟高专印刷有限公司
版　　次　2020 年 8 月第 1 版
　　　　　2020 年 8 月第 1 次印刷
开　　本　650 毫米×900 毫米　1/16　印张　13
字　　数　125 千字
定　　价　39.00 元

总 序

小时候，听长辈讲长征的故事，通常会这样开始："自从盘古开天地，三皇五帝到如今，历史上还从来没有过我们这么伟大的长征……"那时觉得盘古开天、三皇五帝等传说，离我们很遥远很遥远，有一种悲壮、辽阔、深邃的感觉，却是深深地刻印在心底。后来知道，那是中华民族壮丽史诗的开篇，不由得萌生出一种很崇高的感觉。

盘古开天的故事，早在两汉后期的史书中就有记载。据说当时天地一体，混沌难分。盘古君龙首蛇身，嘘为风雨，吹为雷电，开目为昼，闭目为夜。后来，他的故事在民间传播得更加神奇，说是一天醒来，见四周黑暗，他便抡起大斧劈开去，混沌的天地就这样被分开了。此后，他的呼吸，他的声音，他的双眼，他的四肢，还有他的肌肤，化作流动的风云，震耳的雷鸣，明亮的日月，辽阔的大地，奔腾的江河……从此，盘古就成为后人心目中开天辟地创造人类世界的始祖。

三皇的记载，众说纷纭。李斯的说法很权威。《史记·秦始皇本纪》载李斯的话说："古有天皇、有地皇、有泰皇。"这样说又很笼统，于是又有人把它坐实，出现了女娲、燧人、伏羲、神农、祝融等具体人名。至于五帝，分歧就更多了。司马迁依《世本》《大戴礼》，以黄帝、颛顼、帝喾、唐尧、虞舜为五帝。而孔安国《尚书序》、皇甫谧《帝王世纪》、孙氏注《世本》，则以伏牺、神农、黄帝为三皇，少昊、颛顼、高辛、唐尧、虞舜为五帝。

在中国人的心目中，三皇五帝是华夏各民族的始祖，围绕着他们的各种神话传说格外丰富。如"绝地天通""羲和浴金乌"等，反映了人类早期通过幻想对天地宇宙、人类起源、自然万物的探索；"仓颉造文字""嫘祖始蚕桑"等神话故事既充满幻想，又很接地气；"后羿射骄阳""青要山武罗"等故事主人公敢于抗争，锲而不舍，体现出一种为大我牺牲小我的精神；"象罔寻玄珠""许由拒帝尧"等故事，描写的虽是身边琐事，但蕴含的却是大道理。这些故事，散见于群籍，需要有人作系统的整理，让更多的读者去理解、去欣赏。早年，沈雁冰（茅盾）先生著《中国神话研究》说："中国神话不但一向没有集成专书，并且散见于古书，亦复非常零碎,所以我们若想整理出一部中国神话来,是极难的。"上世纪八十年代,袁珂先生筚路蓝缕,系统地研究中国神话,推出了一系列成果。其中《中国古代神话》是一部普及性的读物,从世界是怎样形成的开始,分十章描述了女娲补天的壮举、黄帝与蚩尤的战争、帝舜与帝喾的传说、嫦娥奔月的故事、鲧禹治水的功绩等,初步梳理出了中国远古神话的发展线索。同是蜀人的刘彦序君耗时十载,踵事增华,编纂了这部《中华远古神话衍说·三皇五帝》,继续完成这项"极难的"整理工作。作者以大家所熟悉的"三皇五帝"为纲,从创世之母,女娲神话说起,依次叙述了伏羲、神农、黄帝、颛顼、帝喾、尧帝、舜帝等与其臣僚、配偶、子嗣、敌友的错综关系以及相关神灵故事和神话传说,将纷繁复杂的远古神话故事,条分缕析,构成八个系列,广泛涉及文学、神话学、民俗学、宗教学、美术、音乐、教育学、心理学等多个学科,充分吸收近年来学术界的研究成果,多有创获。

首先是体例新颖。八个系列包含了八十篇故事。每篇分为四个部分,即"原典""今绎"(故事)"注释"和"衍说"。每则故事,都是基于作者的综合研究,用简练、诗化的现代语言讲述出来。"原典"既包括神话原典,也包括学界成果,说明"今绎"的故事,言必有据。"注释"是对故事中的一些疑难字词加以注音释义,尤其是一些神话人名和地名。作者在叙述中华远古神话传说演变的过程中,又站在

"如今"的立场上,从历史学或神话学的角度,对这些神话故事进行了专业"衍说",一则交代神话故事及相关背景、历史事件、象征意义,二则阐释经典神话中的审美价值、教育意义。这种结构方式,使得这部著作别开生面,不仅能为普通读者,特别是青少年读者所接受,就是对于各行各业的成年读者来说,也具有相当积极的参考意义。

其次是立意高远。这套书有别于传统的耳熟能详的神话叙述方式,而采用多种形式,对中华远古神话进行独特深入的挖掘,拓展丰富了神话的内容和形式,揭示出我们的先民在创业过程中的艰辛劳作、丰功伟绩以及留给后人的启迪。如尧帝篇"偓佺献松子"的故事,作者在"衍说"中指出,人生的价值不止于长生,甚至可以说,相对于精神的不朽,肉体的长生就显得黯然失色了。人是要有一种精神的,这是我们的基本信念。所以司马迁在《报任安书》中说:"人固有一死,或重于泰山,或轻于鸿毛……"《老子河上公章句》也说:"人所以生者,以有精神。"又如感生神话,突出母子之爱;嫘祖神话,突出勤劳勇敢、乐于助人;夔神话,突出"多行不义必自毙";玄珠神话,突出正心诚意、无为而为;武罗神话,突出为了大我而牺牲小我的抉择。很多神话传说,蕴含着丰富的爱国主义、推己及人、悲悯人生、团结友爱、英雄主义等情怀,给现代教育增添了新的血液。

第三是雅俗共赏。作者满怀激情,通过诗意的语言,将遥远的神话传说带到当下。全书还配以大量插画，以普通民众喜闻乐见的方式传达深刻的人生道理，充满了诗情画意。人物的面貌与服饰，唯美、怪异、神秘，呈现出典型的东方色彩，营造出了神秘的神话氛围。图文并茂，生动活泼。通过这些神话故事，作者试图说明：神话的美，不仅在于它的奇幻和瑰丽，更在于它所体现出来的对人类的终极关怀。中华远古神话反映出人类共同的心理需求，是人类把握世界、认识世界的一种方式，也是一种重要的文化力量。

读罢全书，我很自然地就会想到毛泽东同志在《论反对日本帝国主义的策略》中说过的话。在这篇文章中，他把中国工农红军的伟大长征与盘古开天、三皇五帝联系起来，说自从盘古开天地，三皇五帝到如今，"我们中华民族有同自己的敌人血战到底的气概，有在自力更生的基础上光复旧物的决心，有自立于世界民族之林的能力"。中华民族在漫长的发展进程中，逐渐形成了共有的文化血脉。维护国家的统一，追求民族的昌盛，满足人民的幸福，是我们这个古老民族的根本所系，更是我们民族的精神象征。从这个意义上说，重新解读、理解三皇五帝的故事，其实也是一种寻根，就是要从根本上追寻我们这个古老民族的文化基因，固本培元，凝心铸魂。后世的中华帝王庙，往往以炎黄二帝作为华夏始祖，正是中华民族不忘本来、开创未来的象征。我们的文化教育工作者，就是要像总书记所要求的那样，通过自己的专业知识,从根本上讲清楚我们国家和民族的历史传统、文化积淀、基本国情;讲清楚中华文化积淀着中华民族最深沉的精神追求,是中华民族生生不息、发展壮大的丰厚滋养;讲清楚中华优秀传统文化是中华民族的突出优势,是我们最深厚的文化软实力;讲清楚中国特色社会主义植根于中华文化沃土、反映中国人民意愿、适应中国和时代发展进步要求,有着深厚的历史渊源和广泛的现实基础。

诚如作者所说,神话是一个民族的"本",是人类的"本"。我们需要从三皇五帝的故事传说中、从中华优秀传统文化中汲取养分和智慧,站稳脚跟,自觉延续文化基因,增长民族自尊心和自豪感。这是中华民族生存发展之本,凝心聚力之魂。今天的中国人,正豪迈地行进在新时代的伟大长征途中。在我们每个人的背后,都有一个长长的影子,那不仅仅是个人的身影,还有着厚重的民族文化的底色。刘彦序君通过独特的著述方式,把遥远的三皇五帝,清晰地展示在我们面前,如此近切,如此生动,有助于我们更好地理解我们的过去、现在和未来,也有助于我们更好地理解自己。

正基于这样的认识,我积极推荐《中华远古神话衍说·三皇五帝》。

刘跃进
己亥岁末写于京城爱吾庐

开 篇

人的历史，不仅有物质的历史，更有共尊共传的精神史。

神话，是一个民族的记忆和血性，也是人类共同的智慧和梦想。

再也没有比神话更惹人争议的事物了。这里我不去说它饱含的复杂理论和深奥学问，我关注的是人与神话本身。

古往今来，不知有多少文人骚客钟情于神话。庄子演神话为寓言，李白借神话抒逸篇，干宝铸伟史于志怪，松龄寄情怀于狐仙。经、史、子、集中，哪一处没有神话的身影？及至当代，神话又变换身姿，通过影视、新媒，一再地被创造、演绎并发酵。

神话并不仅仅是以一种高高在上的姿态存在，实际上更多时候，它是"随风潜入夜，润物细无声"般地融入我们生活的方方面面。比如，我们即使知道自己是父母所生，却仍骄傲地称自己为"龙的传人"。神话已然成为一种符号、象征,以及打上了民族烙印的精神寄托。

曾几何时,中国神话"零散、不成系统"的结论,似乎已经由老一辈神话学学者和民俗学家的阐释,深入人心。曾几何时,中国人艳羡希腊北欧神话,感叹我们的永久性缺失。然而,经过多年的神话研究我才发现,中国神话并不寥落,只是亟待钩沉和连缀,亟待唤醒并将其转变为一股催人奋发的力量。

不可忽视,在浩如烟海的中国古籍中,频频出现神话;而今华夏大地上,仍不断地滋生着新的神话。如梦,如烟,如螭龙,如钟磬,谁能摹状它的奇美灵动、它的细微浩瀚、它的庄严怪诞?它似乎始终有一种摄人心魄的力量,让人努力地超越"人"的世俗,而走向神圣的境地。

近半个世纪的神话学研究,在相近学科的成长之下,迎来了短暂的辉煌。一批神话资料的整理、分析和研究,以及比较研究,都取得了可喜成绩。然而,如同大部分社会科学的科研成果一样,它们被束之高阁,远离众生,自然也难以为人们所接纳。我们的此套丛书,算是科研转化的开山之作吧!

20世纪80年代前后,曾有一批知名画家为神话画过插图,付梓即成经典。后来,出版社不断翻印,可惜无论在形式还是内容上,40年来实在没有实质性突破。所以至今大家耳熟能详的仍然莫过于《盘古开天》《女娲补天》《精卫填海》《后羿射日》《嫦娥奔月》等寥寥几篇而已,大量神话无处寻踪，又或杂糅后起传说故事、童话、鬼话以及西方神话寓言故事，在时间、类别、精神、体系上完全不加甄别，引起读者的混淆。但是，值得注意的是，这寥寥几篇神话自诞生以来被万千次地引用，蕴含其中的中华文化基因和精神特质，每每让读者升起民族自豪感，产生奋起前行的活力。这又足以说明，中华神话作为民族文化之经典，即使过去千年，不仅不会褪色，反而如醇酒，历久弥芬。

因此，对中华神话的深入挖掘、整理，重新架构中华神话的完整体系，展示中华民族生生不息的文化基因和精神特质，是一项亟待进行的重要的文化工作。

"中华远古神话衍说·三皇五帝"即是首次对中国神话进行独特的挖掘、整理、改编、注解、评说的系统文化工程，前后耗时十载。丛书以"三皇五帝"为纲。

所谓"三皇五帝"，就是"三皇五帝时代"，又可称为"神话时代""上古时代"或"远古时代"。近现代考古发掘证明，这个时代很有可能如传说那样存在过。但是，"三皇五帝"的世系属后人伪造，所列顺序也并非是前后相继的关系。然"三皇五帝"之称由来已久，它承载着相当丰富的神话、历史信息，也经历了从神化到人化，再从人化到神化的复杂过程。至于"三皇五帝"到底是哪"三皇"哪"五帝"，历来众说纷纭，莫衷一是。

先来说"三皇"。"三皇"之称，说法众多，如天皇（伏羲）、地皇（神农）、泰皇（少典）、人皇（少典）、燧人、伏羲（太昊）、神农（炎帝）、女娲、黄帝、共工、祝融等。在

此聊举三种。一说是燧人、伏羲、神农（见《尚书大传》《风俗通义》《白虎通》）；一说是天皇、地皇、泰皇（见《史记》），或说天皇、地皇、人皇（见《春秋纬·命历序》）；还有说是伏羲、女娲、神农（见《春秋纬·运斗枢》《春秋纬·元命苞》）。迄今为止，学术界普遍认为，人类历史上最早出现的神灵皆为女神，后经父系社会的改造而男性化、男权化，"三皇五帝"也是如此。故今在选择"三皇"时，采用汉代纬书《春秋纬·运斗枢》《春秋纬·元命苞》的说法，并将创世女神女娲置于三皇之首。

再来说"五帝"。"五帝"之称，说法也多。如黄帝、颛顼、帝喾（高辛）、尧、舜、大皞（伏羲、太昊）、炎帝、少皞（少昊）、青帝（太昊）、白帝（少昊）、赤帝（炎帝）、黑帝（颛顼）等。在此聊举三种。一说是黄帝、颛顼、帝喾、尧、舜（见《国语》《大戴礼记》《吕氏春秋》《史记》）；一说是宓戏（伏羲）、神农、黄帝、尧、舜（见《战国策》《庄子》《淮南子》）；一说是太昊、炎帝、黄帝、少昊、颛顼（见《礼记》《潜夫论》）。以第一种说法最多，故今从其说。

此外，"三皇"与"五帝"的搭配又有多种；"三皇五帝"与诸多神灵的关系也纷繁复杂。比如，黄帝、炎帝、蚩尤之间的关系，神农与炎帝之间的关系，夸父、蚩尤、炎帝、祝融之间的关系，颛顼与少昊之间的关系错综复杂，一直都是研究上古史最大的疑案、悬案。

又如，长期以来，炎帝和神农合而不分。但《史记·五帝本纪》说"神农氏世衰"才有轩辕黄帝之世作，《国语·晋语四》又说:"昔少典娶于有蟜氏,生黄帝、炎帝。黄帝以姬水成,炎帝以姜水成,成而异德,故黄帝为姬,炎帝为姜。"可知,炎帝绝非神农,也不存在后裔或臣属关系。于此,崔述在《补上古考信录》中已有详论,兹不赘述。

那两者又为什么在后来合称不分了呢?"神农",顾名思义,是反映远古农业部落时代之称号,其神格与农业密切相关。故《风俗通义》说他"悉地力,种谷蔬,故托农皇于地"。《礼记·月令》也说,季夏之月"毋举大事,以摇养气,毋发令而待,以妨神农之事也"。而炎帝又为两河地区冀州中南从事农业生产部落之首领。大概正因为两者的业绩都与农业密切相关,又都似与黄帝部族有"对立"关系,故后来合二为一,长期以来不加分辨,便难分彼此了。

因此,本书钩沉古籍,对此虽有一定分辨,但考虑到两者的长期互融互渗现实,尤其是炎、黄的"对立"关系早已被弱化处理,所以作者有时也进行折中处理。再加上,本丛书"三皇五帝"中,神农为三皇之一,而炎帝未被列入,因此炎帝的故事被适当整合到了神农系列中。比如,在注重神农对于医药、五谷贡献的基础上,也不回避掺入炎帝的故事,唯其如此,才应是最"真实"的神话吧!

总之,本丛书以"三皇五帝"为线索架构故事,共80篇故事。每篇在体例上分为四个部分,即"原典""今绎""注释"和"衍说",颇具创新。"原典"是"今绎"改编的主要依据,既包括神话原典,也包括学界成果;"今绎"是科研转化的成果,是基于"原典"的改编,以简练、诗化的语言进行传述;"注释"是对文中疑难字词的注音注义,便于读者疏通文义;"衍说"是从历史学或神话学的角度,进行专业性和知识性的拓展,便于读者对中国神话有更加深入的认知。

改编所依据的原典遴选自上百种古籍,参考了后世研究文献和当今前沿成果,学术依据充分。改编时充分挖掘原典的精神内涵和想象空间。故事设置波澜起伏、耐人寻味。对每个故事的评说,力求见解独到,能给读者以启发。显然,本丛书在中国神话改编中所具有的创新性和前沿性,将为中国神话的接受和传播开创更为广阔的空间。

正所谓"本立而道生",神话就是一个民族的"本"、人类的"本"。神话本身所具有的认识功能、审美功能、符号象征功能,必将给我们以及后世子孙提供不竭源泉。中华民族诚然是一个博大坚韧、自强不息、富于希望的民族,这难道不是神话祖先和文化英雄们立人立己的精神为我们留下的璀璨瑰宝吗?

"问渠那得清如许,为有源头活水来。"江河东去,日月西行;回溯神话,云上听梦,不仅仅是探奇求胜的奇妙之旅,更是回归本心的家园之依啊!

彦序　上颐斋

2018 年 8 月 31 日

目录

总序/刘跃进 |1

开篇 |1

绪言 |1

后稷的诞生 |1

【原典】 |3
【今绎】 |5
【衍说】 |18

简狄和建疵 |21

【原典】 |23
【今绎】 |24
【衍说】 |36

羲和浴金乌 |39

【原典】 |41
【今绎】 |42
【衍说】 |54

淘气的太阳 |57

【原典】 |59
【今绎】 |60
【衍说】 |72

月仙泪 |75

【原典】 |77
【今绎】 |78
【衍说】 |90

| 神奇的大耳国 | 93 |

【原典】	95
【今绎】	96
【衍说】	106

| 思士和思女 | 109 |

【原典】	111
【今绎】	112
【衍说】	124

| 参商永离 | 127 |

【原典】	129
【今绎】	130
【衍说】	140

叔均始牛耕 | 143

【原典】 | 145
【今绎】 | 146
【衍说】 | 155

盘瓠和公主 | 157

【原典】 | 159
【今绎】 | 162
【衍说】 | 174

后记 | 177

绪 言

帝喾，姬姓，起于高辛（今河南商丘高辛），因以为号。春秋战国后，被列在上古"五帝"中的第三位。其世系被整合到黄帝世系中，成为黄帝曾孙、颛顼侄子，前承炎黄，后启尧舜，奠定华夏根基。

范文澜在《中国通史简编》中曾说："汉以前人相信黄帝、颛顼、帝喾三人为华族祖先，当是事实。"而三者之中，又以帝喾的称名最为复杂，历来争论也最多。帝喾、帝俊（一作夋）、姬俊、帝夔、帝舜、昊天上帝，实为一神（人）之多种称谓与演化。

帝喾之古老，从《山海经》、战国楚帛书便可见一斑。他的本形是三足乌或夔牛。人形化后，摇身变为日母羲和、月母常羲的丈夫，太阳、月亮的父亲，并成为多神体系中的至上神,即"上帝"——注意,不同于西方的"上帝";而经史书"雅驯"过后的他,又成了人间明君,仁而威,惠而信,修身而天下服。

帝喾的配偶和子嗣极多,世系也极其混乱,足见其古老以及被整合的剧烈。他虽为东方部族远古始祖,但其后代子孙在东、南、西、北各方都建立起了国家,其中可断定为帝喾神系的至少有十国:中容、白民、司幽、黑齿、三身、季厘、儋耳、九黎、殷商、西周。

可见,帝喾直接奠定了商周文明。殷商甲骨卜辞以帝喾为高祖,是商族之第一位先公。《礼记·祭法》也说:"周人禘喾而郊稷。"《史记·五帝本纪》便记载帝喾有四妃。正妃有邰氏名姜嫄,生子弃,即后稷,是周朝的始祖。次妃有娀氏名简狄,生子契,是商朝的始祖。次妃陈锋氏名庆都,生子放勋。次妃娵訾氏名常仪,生子挚。

史书记载帝喾从小德行高尚,聪明能干,十五岁时,便被帝颛顼选为助手,有功,被封于辛。帝颛顼死后,帝喾继承帝位,时年三十岁。帝喾继为天下共主后,以亳(今河南偃师)为都城,以木德为帝,由于他德行崇高,深受百姓的爱戴。在他的治理下,社会富足,人民安居乐业。帝喾死后,挚继承帝位,九年后禅让给放勋,即帝尧。

司马迁在《史记·五帝本纪》中评价帝喾:"生而神灵,自言其名。普施利物,不于其身。聪以知远,明以察微。

顺天之义，知民之急。仁而威，惠而信，修身而天下服。取地之财而节用之，抚教万民而利诲之，历日月而迎送之，明鬼神而敬事之。其色郁郁，其德嶷嶷。其动也时，其服也士。帝喾溉执中而遍天下，日月所照，风雨所至，莫不从服。"

这里提到他对于事物明察秋毫、深谋远虑，又通达睿智，研究事物的道理能达到至精至微的地步；对于老百姓的需求，刻不容缓地去执行，总是以仁德之心而施行宽严相济的政策，莫不服从；以农业取得收入，有节制地使用，个人生活更是异常朴素节俭；恭敬神明，通晓祭祀鬼神的方式，太阳升起时喜迎，太阳落下时欢送；其容色和缓而肃穆，其德行凝重而审慎，凡所行动，无不合于中庸之道。

故本书名为《神明圣德——帝喾神话》。

本书从上百种典籍中挖掘、整理、整合出有关帝喾的10个体现民族精神光辉，及对现代教育有重大意义的神话故事，即《后稷的诞生》《简狄和建疵》《羲和浴金乌》《淘气的太阳》《月仙泪》《神奇的大耳国》《思士和思女》《参商永离》《叔均始牛耕》《盘瓠和公主》，主要抒写了帝喾的配偶和子嗣的故事，其中给予了日月神话较大篇幅，反映了中国古代人民对光明的追求和丰富的想象力，并通过喜闻乐见的方式传达了深刻的人生道理。

《后稷的诞生》讲述的是帝喾元妃姜嫄履大人足迹而生后

稷的故事。姜嫄婚后久无子，跳巫术舞蹈踩大人（上帝）的足迹，感而生子。孩子被姜嫄丢弃了三次，又抱回来三次（"三弃三收"），顺利通过了"生命危险"考验，被认为是明君或圣贤的天选之人。他长大后，在农业上取得了巨大成就，大家都尊称他为"后稷"。

《简狄和建疵》讲述的是帝喾次妃简狄与其妹妹的故事。姐姐简狄和妹妹建疵是有娀氏部落里的两个美女，为了不让她们受众多求婚者的骚扰，父母给她们建了"九层之台"，让她们通过鼓声召唤凤凰来与外界联系。击鼓的特权属于姐姐简狄。妹妹建疵趁姐姐简狄熟睡之时偷了鼓槌去击鼓，忘记了击鼓法则和禁令，致使"九层之台"崩塌、消失。

《羲和浴金乌》讲述的是帝俊（即帝喾）的妻子羲和生育十个太阳（金乌），并教他们巡天的故事。羲和生了十个孩子，是十只金乌。羲和把孩子们抱到神奇的甘渊中去洗浴，金乌们很快就长大了。金乌们从大到小、从上到下被安排住在扶桑树上，并按此顺序巡天。白天由羲和妈妈护送，夜晚由乌龟爷爷陪伴。黄泉之路艰辛而恐怖，但这是金乌们的必经之路。这样，人间才有了白天黑夜、四季如常。

《淘气的太阳》讲述的是帝俊（即帝喾）的儿子十个太阳因贪玩、贪吃而闯祸的故事。羲和妈妈每天护送太阳儿子在天空中巡天，可是孩子们一天天长大，想独自巡天。羲和决定让他们试试。先是老大驾车巡天，不按规则，烤焦了大地,烧燃了树木;接着本该轮流飞行巡天的金乌,因贪吃地日草,玩忽职守。无奈,羲和只有让金乌们蒙上眼睛值班。

《月仙泪》讲述的是帝俊(即帝喾)的女儿阿娇的恋爱故事。月亮仙子阿娇在一月之中,身体相貌每天都在变化:女童、少女、孕妇、老妪……每天她都会忘记前一天发生的事情,直到又变成相同的面貌才能记起,如是,周而复始。当她变成少女的时候,她遇到了自己的爱人。只有当她再次变成少女时,她才会想起上次作为少女的事情。

《神奇的大耳国》讲述的是发生在大耳国的离奇故事。居住在大海孤岛上的大耳国人,都长着又长又大的耳朵。睡觉时,他们用一只耳朵当席子,一只耳朵当被子。他们以捕鱼、经商为业,并借此与其他国家的人互通往来。大耳国有个女人,因羡慕女子国女人的小巧耳朵,便献上很多珠宝,请求大巫师把她的耳朵变得小巧可爱。可是,变成小耳朵的她,不仅没有得到国人的赞美,反而失去了谋生的本领。

《思士和思女》讲述的是发生在帝俊(即帝喾)之孙司幽所掌管的司幽国的神奇故事。为了抢夺司幽国的美人,有两个国家联合起来侵犯司幽国。男人们保家卫国,唤出四大神兽把女子都转移到了离司幽国很远的一座孤岛上。从此,司幽国的男人和女人便分开了,他们各自因为思念异性而生出了孩子。

《参商永离》讲述的是帝喾高辛氏之长子阏伯和季子实沈

之间兄弟不和的故事。阏伯和实沈两兄弟从小就不和,经常打架。父亲帝喾管教无果,只得将二人分别发配到东荒和西荒,并求助于天神长乘来管教。结果,长乘也无法感化两兄弟。他们在旷林再次大打出手,殃及东荒和西荒的生灵。帝喾没有办法,将阏伯迁往商丘(掌管商星),将实沈迁往大夏(掌管参星),使之永不相见。

《叔均始牛耕》讲述的是帝喾的曾孙叔均发明牛耕的故事。叔均从小跟着大人们在田间劳作,勤于思考的他很快成为种地的好手。土地一年年减产,叔均通过观察发现,这是因为田土板结,没有营养的缘故,所以号召大家翻地。为了提高效率,叔均又发明了铁犁和牛耕。后人感念叔均,尊称他为"田祖"。

《盘瓠和公主》讲述的是帝喾皇后耳中顶虫化为黄狗盘瓠杀敌并娶公主的故事。帝喾皇后的耳中挑出了一只顶虫,它变成了一只威武的大黄狗,并揭了"招贤榜",杀了戎吴。按"招贤榜",谁杀掉戎吴,谁就能娶公主。帝喾和大臣们自然反对把公主许配给"大黄狗",但是公主坚信盘瓠是真正的英雄,执意要嫁给他。最后,盘瓠化为人形,帝喾也深受感动,同意了他们的婚事。

最后,还有几点说明:

第一,与时著体例不同,尤其是每个故事后面的"衍说",从专业角度拓展了该神话故事的相关文化知识和理论视野,指出了现实意义。但是,囿于作者的能力和识见,肯定有挂一漏万和阐释不当不足之处,恳请各位善知识不吝赐教。

第二,故事叙述用诗行排列,力求简练、疏朗,并凸显每个故事、人物的独特性和精神特质,尽量避免出现复杂的人物关系,故对有些形象进行了简化甚至省略。读者若想获取全貌,不妨将单篇连缀起来阅读,或据"衍说"按图索骥。

第三,本书的神话故事,因所采文献博杂、零碎,有些故事原典之间本身矛盾龃龉,改编时,作者为避免削足适履之感,在基本遵循原典精神的前提下,有时据故事需要酌情取舍。此套丛书的编写虽有严格的文献依据,也有一定的专业性解说,但毕竟非严谨的神话学术著作,或可视为学术研究向大众读物的下移,故更注重故事的文学性、神话性和可读性,若要坐实历史或仅以学术标准核之恐失作者初衷。

是为序。

彦序　上颐斋
2018 年 12 月 22 日

后稷的诞生

刘勤 付雨桁 撰
邹娟 绘

【原典】

○(先秦)《诗经·大雅·生民》:"厥初生民,时维姜嫄。生民如何?克禋(yīn)克祀,以弗无子。履帝武敏歆,攸介攸止,载震载夙。载生载育,时维后稷。

诞弥厥月,先生如达。不坼(chè)不副(pì),无菑无害,以赫厥灵。上帝不宁,不康禋祀,居然生子。

诞寘之隘巷,牛羊腓(féi)字之。诞寘之平林,会伐平林。诞寘之寒冰,鸟覆翼之。鸟乃去矣,后稷呱矣。

实覃实訏,厥声载路。诞实匍匐,克岐克嶷,以就口食。蓺之荏菽,荏菽旆旆。禾役穟(suì)穟,麻麦幪(méng)幪,瓜瓞(dié)唪唪(fěng)。

诞后稷之穑,有相之道。茀厥丰草,种之黄茂。实方实苞,实种实褎(yòu)。实发实秀,实坚实好。实颖实栗,即有邰家室。

诞降嘉种,维秬(jù)维秠(pī),维穈(mén)维芑(qǐ)。恒之秬秠,是获是亩。恒之穈芑,是任是负,以归肇祀。

诞我祀如何?或舂或揄(yóu),或簸或蹂。释之叟叟,烝之浮浮。载谋载惟,取萧祭脂。取羝(dī)以軷(bá),载燔(fán)载烈,以兴嗣岁。

卬(áng)盛于豆,于豆于登。其香始升,上帝居歆。胡臭(xiù)亶时。后稷肇祀。庶无罪悔,以迄于今。"

○(战国)《山海经·大荒西经》:"有西周之国,姬姓,食谷。有人方耕,名曰叔均。帝俊生后稷,稷降以百谷。稷之弟曰台玺,生叔均。叔均是代其父及稷播百谷,始作耕。"

○(汉)《诗经·大雅·生民》毛序:"《生民》,尊祖也。后稷生于姜嫄,文、武之功起于后稷,故推以配天焉。"

○(汉)司马迁《史记·周本纪》:"周后稷,名弃。其母有邰氏女,曰姜原。姜原为帝喾元妃。姜原出野,见巨人迹,心忻然说,欲践之,践之而身动如孕者。居期而生子,以为不祥,弃之隘巷,马牛过者皆辟不践;徙置之林中,适会山林多人,迁之;而弃渠中冰上,飞鸟以其翼覆荐之。姜原以为神,遂收养长之。初欲弃之,因名曰弃。弃为儿时,屹如巨人之志。其游戏,好种树麻、菽,麻、菽美。及为成人,遂好耕农,相地之宜,宜谷者稼穑焉,民皆法则之。"

○(汉)刘向《列女传·母仪传·弃母姜嫄》:"弃母姜嫄者,邰侯之女也。当尧之时,行见巨人迹,好而履之,归而有娠,浸以益大,心怪恶之,卜筮禋祀,以求无子,终生子。以为不祥而弃之隘巷,牛羊避而不践。乃送之平林之中,后伐平林者咸荐之覆之。乃取置寒冰之上,飞鸟伛翼之。姜嫄以为异,乃收以归。因命曰弃。姜嫄之性,清静专一,好种稼穑。及弃长,而教之种树桑麻。"

【今绎】

一

姜水平原肥沃广阔,
姜嫄①就生活在这里。
她是姜水平原部落首领的女儿,
是个勤劳、美丽的女人,
和丈夫非常恩爱。
可是结婚多年,一直没有孩子,
她多么希望有个可爱的孩子啊!

二

姜嫄在郊外摆上牛羊、瓜果作为祭品,
在巫师的指引下,音乐的伴奏中,
跳起了诡谲②而优美的巫术舞蹈。

---

① 姜嫄:"嫄"一作"原"。姜嫄是有邰氏部落之女,帝喾之妃,周民族男性祖先后稷的母亲。传说她于郊野践巨人足迹而怀孕生稷。

② 诡谲(guǐ jué):奇异,奇怪,变化多端。出自《文选·王褒〈洞箫赋〉》:"趣从容其勿述兮,骛合遝以诡谲。"唐李善注:"诡谲,犹奇怪也。"

姜嫄在郊外摆上牛羊、瓜果作为祭品,在巫师的指引下,音乐的伴奏中,跳起了诡谲而优美的巫术舞蹈。

先是单脚跳,
然后去踩画在地上的神的脚印。
当她踩上去的时候,脚底突然升起一股暖流,
直冲上脑门儿。
恍恍惚惚,她仿佛看见前面有一片金黄色的谷地,
耀眼的金光中,有一个胖乎乎的婴儿。
"孩子——"她正兴奋得要去抱的时候,
幻境却突然消失了。

三

姜嫄回过神来,
眼前除了郊野①茂密的丛林,
哪里有什么金黄色的谷地啊!
不过,姜嫄坚信,刚才的幻觉一定意味着什么。
她想:"说不定这是神灵的指示,
告诉我将要有孩子了呢,
而且我的孩子一定不平凡。"

---

①郊野:周代距王城百里谓之郊,三百里谓之野,后统称郊野,泛指城邑之外的地方。

四

果然，跳了巫术舞蹈后不久，
姜嫄的身体就开始有了些变化。
勤劳的姜嫄开始变得嗜①睡，什么也不想做。
从不挑食的姜嫄开始不想吃东西，特别厌恶油腻的食物。
丈夫便请来部落里最有名的巫医给她把脉。
"恭喜恭喜，我们尊敬的公主有喜了！"
这喜讯一传十，十传百，
很快，举国上下，都热闹起来了。
姜嫄夫妇非常高兴，
他们摆上最肥美的牛羊、最甘甜的瓜果，
回馈②神的恩赐。

五

十月怀胎，终于到了孩子出生的日子。
大家都告诉姜嫄生孩子非常痛苦，

---

① 嗜：爱好，喜爱；贪，贪求。喜爱过分为贪。东汉许慎《说文解字》："嗜，喜欲之也。"
② 回馈：回赠、回报。

部落里有很多女人都被活活痛死了!
姜嫄本来做好了承受苦痛的心理准备,
但意外的是,孩子出生时,
她竟没有感到一丝的疼痛。
孩子的头先从姜嫄的产门①里出来,
一切都非常顺利。
大家都说,一定是神灵在保佑姜嫄。

六

"啪——啪——啪——"
接生的老妪拍了孩子的屁股好几下,
按理说,孩子应该哇哇大哭才对,
可是姜嫄的孩子竟然一声不吭。
大家又开始担心这孩子的身体有问题。
但是姜嫄笃定②这孩子一定是个不平凡的人!

---

① 产门:产妇的阴门。清吴谦《医宗金鉴·妇科心法要诀·产门不闭证治》:"产门不闭由不足,初产因伤必肿疼,不足十全大补治,甘草汤洗肿伤平。"

② 笃定:指极有把握。

姜嫄本来做好了承受苦痛的心理准备,
但意外的是,孩子出生时,
她竟没有感到一丝的疼痛。
孩子的头先从姜嫄的产门里出来,
一切都非常顺利。
大家都说,一定是神灵在保佑姜嫄。

七

姜水平原的王族流传着一个古老的传说，
新生儿如果通过了"生命危险"考验，
就会被认为是明君或圣贤的天选之人。
但是因为仪式过程十分凶险，
所以大多数妇女为了逃避这样的仪式，
往往把自己的新生儿藏匿①起来。
但是姜源坚信自己的孩子是"神之子"，
所以决定让他接受"生命危险"考验！

八

姜嫄抱着孩子来到了一个古旧的小巷，
那小巷青石铺地，又窄又长。
夕阳西下，牛羊都会打这儿经过。
姜嫄咬咬牙，狠下心，把孩子扔在了小巷里，
然后快速离开，躲在远处观察。
奇怪的事情发生了：被扔弃的孩子不哭也不闹。

---

① 藏匿：隐藏。汉司马迁《史记·郦生陆贾列传》："郦生闻其将皆握齱好苛礼自用，不能听大度之言，郦生乃深自藏匿。"

更奇怪的是，牛羊们纷纷避开，不去踩踏孩子，
而那些母牛、母羊还抢着去给孩子喂奶。

九

过了第一关，
姜嫄又抱着孩子来到了森林，
这里平日里荒无人烟，只有毒虫鸟兽出没。
比如有毒蜂，只要被它小叮一下，全身浮肿；
又比如有巨蟒，能将人一口吞下，不吐骨头；
再比如有野狼，最爱吃初生婴儿，肉嫩味鲜。
姜嫄犹豫了很久，
最后含着眼泪把孩子放在了草丛中，
轻轻走开，一步一回头，
躲在就近的一棵大树后观察。
不大一会儿，就有一群伐木工人唱着歌儿经过，
他们发现了被扔在草丛中的孩子，十分怜惜①，抱了起来。
姜嫄长长地舒了一口气。

---

① 怜惜：爱惜；同情、爱护。唐白居易《晚桃花》诗："春深欲落谁怜惜，白侍郎来折一枝。"

奇怪的事情发生了:被扔弃的孩子不哭也不闹。更奇怪的是,牛羊们纷纷避开,不去踩踏孩子,而那些母牛、母羊还抢着去给孩子喂奶。

十

过了第二关,姜嫄心中又欢喜又紧张。

最后她抱着孩子来到了冰河边。

这里冰天雪地,寒风呼啸①。

姜嫄抚摸着孩子的头,眼泪扑簌簌②地往下落:

"儿啊,希望你能通过这最后的考验啊!"

于是,姜嫄把孩子放在了寒冰之上。

她躲在礁石后,双手合十祈祷:

"神啊,请保佑保佑我的孩子吧!"

这时,一只彩色的大鸟从远方飞来,

张开温暖的翅膀覆盖着小婴儿。

十一

"哇——哇——哇——"

孩子竟然呱呱③啼哭起来了,

---

① 呼啸:高呼长啸,发出尖利而长的声音。宋梅尧臣《和欧阳永叔啼鸟十八韵》诗:"深林参天不见日,满壑呼啸难识名。"

② 扑簌簌:形容物体轻轻而不断地落下,多形容流泪。

③ 呱呱(gū gū):象声词。形容小儿哭声。

这时，一只彩色的大鸟从远方飞来，
张开温暖的翅膀覆盖着小婴儿。

那声音又长又大,很远都听得见。
大鸟托起孩子,把他送回到姜嫄身边。
姜嫄向大鸟道谢,高兴地抱着孩子回家了。
这孩子因为曾被扔弃了三次,
所以他的名字就叫"弃"。
族人为这孩子的诞生举行了盛大的宴会,
持续了三天三夜。

十二

弃长大后,喜欢种植农作物。
凡是他种的树木花草,没有不繁茂芬芳的,
凡是他种的谷麦瓜果,没有不饱满丰硕的,
大家都尊敬地称呼他为"后稷"。
"后稷",就是谷神的意思。
后稷就是周民族的男性祖先,
而女性祖先,当然就是他的母亲姜嫄啦!

弃长大后,喜欢种植农作物。

凡是他种的树木花草,没有不繁茂芬芳的,

凡是他种的谷麦瓜果,没有不饱满丰硕的,

大家都尊敬地称呼他为"后稷"。

"后稷",就是谷神的意思。

【衍说】

周的历史最直接最深远地影响了华夏大地的历史文化结构。《诗经》中有五篇被视为周民族的史诗，即《大雅》中的《生民》《公刘》《绵》《皇矣》《大明》。从《生民》中周民族男性始祖后稷降生，奠定农业生产根基开始，到后稷曾孙公刘迁豳定居，再到古公亶父迁岐建国，消灭夷人，最后到文王受命、武王伐纣，整个周民族史诗，打上了强烈的以农为本、安土重迁的烙印。

对《生民》中后稷的神奇诞生，尤其是"三弃三收"环节，诸家解释甚多，本文将其解释为一种古老仪式，即仪式性的丢弃，恐怕较接近远古实况。古人普遍认为，经受磨难与顽强生命力之间有着必然联系，正是因为这样，才衍生出神话传说和民间故事中大量的"考验"性题材。"天将降大任于是人也，必先苦其心志，劳其筋骨，饿其体肤，空乏其身，行拂乱其所为，所以动心忍性，曾益其所不能。"因此，看起来残忍的遗弃却充满了期待和爱意。

如同后稷的母亲姜嫄期待孩子的诞生和不凡那样，天下又有哪位母亲不是这样期待着自己的孩子？我们诞生在这个世界上，是被期待了多少次呀！出生，不仅仅是一个流程，它是一个饱含着爱与期待、关联着阵痛与蜕变的永久性仪式。每一个孩子都是携带着爱诞生于这个世界，恐怕也正是因为如此,每个孩子都有可能把这种爱转化成为力量,创造出属于自己的一番天地,这大概也是后稷成功的原因之一吧!

简狄和建嬂

刘　勤　李远莉　撰
徐　静　绘

【原典】

○（战国）屈原《楚辞·离骚》："望瑶台之偃蹇（yǎn jiǎn）兮，见有娀之佚女。"

○（战国）屈原《楚辞·天问》："简狄在台，喾（kù）何宜？玄鸟致贻（yí），女何喜？"

○（战国）吕不韦《吕氏春秋·音初》："有娀氏有二佚女，为之九成之台，饮食必以鼓。帝令燕往视之，鸣若谥隘。二女爱而争搏之，覆以玉筐，少选，发而视之，燕遗二卵，北飞，遂不反（返）。二女作歌一终，曰：'燕燕往飞。'"

○（汉）刘安《淮南子·墬（dì）形训》："有娀在不周之北，长女简翟（狄），少女建疵。"

○（汉）司马迁《史记·殷本纪》："殷契，母曰简狄，有娀氏之女……三人行浴，见玄鸟堕其卵。"

○（汉）刘向《列女传·母仪传·契母简狄》："契母简狄者，有娀氏之长女也。当尧之时，与其妹娣浴于玄丘之水。有玄鸟衔卵，过而坠之。五色甚好，简狄与其妹娣竞往取之。简狄得而含之，误而吞之，遂生契焉。"

【今绎】

一

古老的有娀①部落里,
住着两位美丽的女子。
她们是一对姐妹,
大姐叫简狄②,二妹叫建疵③。
姐姐的眼睛清澈得像一汪湖水,
妹妹的腰肢轻柔得像拂风的柳枝。

二

因为她们实在是太美了,

---

① 有娀(sōng):传说中古国名,历史考古认为约在今山西运城一带。关于有娀的记载较多,主要与帝喾之妃有娀氏女简狄生商有关。《诗经·商颂·玄鸟》:"天命玄鸟,降而生商。"注曰:"春分,玄鸟降。汤之先祖有娀氏女简狄配高辛氏帝,帝率与之祈于郊禖而生契,故本其为天所命,以玄鸟至而生焉。"

② 简狄:上古传说中商代始祖契(偰、卨)的母亲,帝喾的次妃,又作简翟、简易、简逖。

③ 建疵:相传为有娀氏少女,是简狄的妹妹。

古老的有娀氏部落里,
住着两位美丽的女子。
她们是一对姐妹,
大姐叫简狄,二妹叫建疵。

总是引来许多后生追求,
追求的人络绎不绝,踩烂了门槛。
甚至有人为了姐妹俩吵闹、打架。
这让她们的父母既骄傲又烦恼。

三

为了让简狄和建疵过上清净正常的生活,
父母给她们建造了"九层之台"①。
这高台是用白玉建造而成的。
建成那天,高台直射出白光万丈。
高台离地面足足有九千米,
没有上下通道,自然也无人能上去。
台上白云缥缈,轻歌曼妙。
简狄和建疵的闺房就在上面。

---

① 九层之台:形容极高的台。语出于春秋老子《道德经》第64章:"合抱之木,生于毫末;九层之台,起于累土;千里之行,始于足下。"

四

台上还放置了一面黑色大神鼓,
它的鼓面是用神兽的皮做成的,
它的鼓槌①是用建木②枝条做成的。
母亲语重心长地告诉她们:
"孩子,如果有什么需要,就以鼓声为号。
饿了,轻敲一下;
冷了,轻敲两下;
遇到危险了,轻敲三下……
还有,一定不能敲重了,切记! 切记!
鼓槌由姐姐简狄来掌管。"

五

九层之台上有美丽的花园、天池,

---

① 鼓槌(gǔ chuí):打击乐器鼓的敲打用具。
② 建木:上古先民崇拜的一种圣树。传说能沟通天地人神,所以此处用建木枝条所制作的鼓槌也神力巨大。《山海经·海内经》:"有木,青叶紫茎,玄华黄实,名曰建木。百仞无枝,(上)有九橺,下有九枸,其实如麻,其叶如芒,大暞爰过,黄帝所为。"《淮南子·墬形训》:"建木在都广,众帝所自上下,日中无景,呼而无响,盖天地之中也。"

母亲语重心长地告诉她们:

"孩子,如果有什么需要,就以鼓声为号。……"

简狄和建疵最喜欢在天池中洗浴。
有一天洗浴完毕,简狄和建疵饿了,
简狄就按照母亲的吩咐,
用鼓槌轻轻敲了一下大神鼓,
大神鼓立刻发出浑厚的千里之音。
听到这鼓声后,
玄鸟①就为她们送来了可口的饭菜。

六

建疵觉得这大鼓太神奇了,
她期望着自己也能敲一下,
心里埋怨母亲偏心姐姐,不给她这个机会。
有一天,她趁姐姐熟睡的时候,
偷偷从姐姐枕边拿走了鼓槌。
虽然她的心"扑通扑通"跳个不停,
但是仍然不能阻止她去做这件事。
建疵竟把母亲的吩咐忘得一干二净!

――――――――

    ① 玄鸟:古代中国神话传说中的神鸟。早在《山海经》中就有对玄鸟的描述,它的初始形象类似燕子,后来演变为凤凰类神鸟。

有一天,她趁姐姐熟睡的时候,偷偷从姐姐枕边拿走了鼓槌。

七

拿到鼓槌的建疵别提多高兴了!
她一路上激动得哼起了小曲儿,
甚至恨不得三步并作一步走。
到了神鼓前,她小心翼翼地掏出鼓槌,
先是模仿姐姐的样子轻轻地敲了一下,
那浑厚的千里之音就响了起来。
建疵陶醉在这声音中,觉得美妙极了!
不知不觉中,她又敲了几下,
而且敲得越来越快,越来越重……

八

只听"轰隆隆"一声巨响,
九层之台竟然轰然倒塌,
瓦片在空中凝固,化成沙粒,
然后消失得无影无踪。
两片白云托着简狄和建疵,
缓缓落在玄丘之水[①]上。

---

① 玄丘之水:传说简狄与建疵沐浴之处。

建疵陶醉在这声音中,
觉得美妙极了!
不知不觉中,她又敲了几下,
而且敲得越来越快,越来越重……

九

啾啾，啾啾，
正当简狄和建疵在玄丘之水边黯然伤神的时候，
飞来了一只玄鸟。
它是九层之台倒塌的时候，从里面飞出的。
它的羽毛黑亮光洁，
它的身姿轻盈矫健，
它的鸣叫清脆深邃。
简狄和建疵从来没有看到过这么可爱的鸟儿，
欢喜得不得了。
两人拿着玉筐争着跑着去捉它。
"快，快……捉住了！捉住了！"
玉筐盖住了玄鸟，姐妹俩高兴极了。
过了一会儿，建疵打开玉筐的时候，
玄鸟就从缝隙里飞走了，
筐里只留下了两颗蛋。

十

玄鸟往北飞去，再也没有回来。

玄丘之水是个荒凉的地方，
寒冷、刺骨的风在水面不停地呼啸。
简狄和建疵非常伤心，
写了一首歌曲抒发悲伤：
"好奇总是会犯错，九层之台不再有；
燕燕往飞向北去，留我孤独到终老。"
这首歌成了北方最早的乐曲。

玄鸟往北飞去,再也没有回来。

玄丘之水是个荒凉的地方,

寒冷、刺骨的风在水面不停地呼啸。

【衍说】

简狄是商代始祖母。《史记·殷本纪》中记载了简狄姊妹"三人行浴"及"玄鸟生商"的故事。

玄鸟,经历了性别转化。有学者说,玄鸟就是"鸟女人",与简狄是一而二的关系,也就是后来玄女(九天玄女)的母本;也有学者说,"玄鸟生商"中的玄鸟已被父权化,是男性生殖能力的体现,故今日民间也有用"鸟"指代男性生殖器的说法存在。无论我们视其为真正的感生神话("知母不知父"时代的产物),还是模仿的感生神话(父权时代的产物,突出父系的神秘性),都不可否认,这是个典型的感生神话。

此篇改编的故事,避开了感生主题,情节主要依据的是《吕氏春秋》中的记载,并将其价值取向拉回到了当下现实人生。

母亲为什么要当着妹妹的面把鼓槌给姐姐保管呢?难道是姐姐年龄更长、更懂事,而妹妹太顽皮了吗?实际上在大神鼓本身的诱惑下,这种做法反而更加激起了妹妹的好奇、不平衡甚至嫉妒。她终于趁姐姐熟睡的时候,偷走鼓槌,犯下大错。试想,如果母亲一开始不是武断地把鼓槌只交给姐姐保管,而是好好和姐妹俩商量,合理分配两人保管鼓槌的时间,说不定最后的结局会不同呢!

妹妹在敲鼓的时候,为什么完全忘记了母亲所说的击鼓规则呢？这真是一个错误接着另一个错误啊！妹妹偷鼓槌，这本来就是违反约定的错误行为。她既通过"偷"的非正常手段获得，又沉迷于非凡的鼓声中，便得意忘形，所以把规则抛到九霄云外去了，终成大错。虽然玄鸟暂时"安慰"了她们，但是孤独成了永恒的惩罚。

  好奇心往往如"潘多拉魔盒"，成为罪恶之源。如何将好奇心导向正确的轨道，是自修和教育的重要课题。规则是社会赖以存在的根本，也是社会文明推进的条件。君子知可为与不可为，就是对社会公约的尊重。

羲和浴金乌

刘勤 严焱 撰
邹娟 绘

【原典】

○（战国）《山海经·海外东经》："下有汤谷，汤谷上有扶桑，十日所浴，在黑齿北。居水中，有大木，九日居下枝，一日居上枝。"

○（战国）《山海经·大荒南经》："东南海之外，甘水之间，有羲和之国。有女子名曰羲和，方浴日于甘渊。羲和者，帝俊之妻，生十日。"

○（战国）《山海经·大荒东经》："大荒之中，有山名曰孽（niè）摇頵（yūn）羝（dī）。上有扶木，柱三百里，其叶如芥。有谷曰温源谷。汤谷上有扶木，一日方至，一日方出，皆载于乌。"

○（汉）刘安《淮南子·天文训》："日出于旸（yáng）谷，浴于咸池，拂于扶桑，是谓晨明。……至于昆吾，是谓正中。……至于悲泉，爰（yuán）止其女，爰息其马，是谓县（悬）车。"

○（晋）郭璞注《山海经·大荒南经》引《归藏·启筮》："空桑之苍苍，八极之既张，乃有夫羲和，是主日月，职出入，以为晦明。"又曰："瞻彼上天，一明一晦，有夫羲和之子，出于阳谷。"

【今绎】

一

女神羲和①生孩子啦!
宝宝们出生的瞬间:
灿灿金光穿透屋顶,直上云霄,
空中彩霞飞来,旋涡状围绕着她。
一个、两个、三个……九个、十个!
了不起的羲和居然生了整整十个孩子——
十只金乌②,就是十个太阳。
他们个个儿都长得浓眉大眼,鸟喙小巧,
羽毛乌黑乌黑的,齐整油亮。
更为奇特的是——
他们有三只脚,每只脚上都长着三根小脚趾!
羲和妈妈乐得合不拢嘴。

---

① 羲和(xī hé):古代神话传说中的人物。一指太阳、太阳神或太阳的母亲。如《后汉书·崔骃列传》:"氛霓郁以横厉兮,羲和忽以潜晖。"李贤注云:"羲和,日也。"《山海经》记其为太阳的母亲。一指驾驭日车的神,如《楚辞·离骚》:"吾令羲和弭节兮,望崦嵫而勿迫。"王逸注云:"羲和,日御也。"
② 金乌:神鸟名。古代神话传说太阳中有三足乌,因用为太阳的代称。汉刘桢《清虑赋》:"玉树翠叶,上栖金乌。"

二

一个接一个,羲和把宝宝们抱到甘渊①去洗浴。

她把他们小心翼翼地抱在怀里,情不自禁地去亲吻。

甘渊的水暖暖的,蒸汽弥漫。

蔚蓝、缥碧、绯红、绛紫……

水的颜色变幻莫测,美轮美奂②!

不同的颜色反映出不同的健康状况。

"哎呀,好舒服呀!"

宝宝们愉快地尖叫起来,

摇头晃脑,三只小腿儿使劲儿地蹬呀蹬。

出生时的污秽没有了,

他们的羽毛更加鲜亮,

骨骼快速成长,发出轻微的"咔咔"声,

在甘渊中,金乌们很快就长大了!

---

① 甘渊:古代传说中的地名,在东海之外,由甘水汇聚而成,是十个太阳洗澡的地方。《山海经·大荒东经》:"有甘山者,甘水出焉,生甘渊。"晋人郭璞注"渊"云:"水积则成渊也。"袁珂校注云:"所谓甘渊、汤谷、穷桑盖一地也。"

② 美轮美奂:原本多形容建筑物雄伟壮观、富丽堂皇,也形容雕刻或建筑艺术的精美效果。《礼记·檀弓下》:"晋献文子成室,晋大夫发焉。张老曰:'美哉,轮焉! 美哉,奂焉!'"这里形容甘渊水的五彩斑斓、变幻莫测。

一个接一个,羲和把宝宝们抱到甘渊去洗浴。

她把他们小心翼翼地抱在怀里,情不自禁地去亲吻。

三

洗浴完，就该休息了。

羲和把孩子们带到甘渊边的扶桑树①上去休息。

扶桑树的树皮十分光滑，泛着金光。

枝丫对称着生长，树梢笔直地插入云霄。

树叶长成可爱的心形，翠绿欲滴。

一阵风吹来，叶儿还轻轻地哼出小调，甭提多美妙了！

"天啊，这树也太高了吧！哪里才是个头呀？"

老幺后仰着脖子使劲儿眺望树梢，脖子都快断了，

一不小心，"扑通"一声从树上跌落了下来，

弄得大家哈哈大笑。

羲和慈爱而郑重地说：

"今后，这里就是你们休息的地方。

那树上错落有致的金色鸟窝，就是你们的床。

孩子们，好好休息！从明天起，你们就要开始轮流巡天了！

今天老大住在最上面，明天你先来！"

---

① 扶桑树：神树名。古代神话中甘渊旁边的大桑树，由两棵相互扶持的大桑树组成。传说太阳驾车从扶桑树升起降落。

四

第二天一大早,大家还在睡梦中,
便听到了妈妈的呼喊:"老大,出来巡天啦!"
大金乌迷迷糊糊的,揉揉惺忪①的眼睛,透过浓浓的夜色,
只见:
八条气宇轩昂的金龙,高傲地昂着头、翘着尾,
拉着一辆华丽的辇车②,熠熠生辉③。
妈妈羲和脊背挺直,端坐在车夫的位置。
大金乌又紧张又兴奋,急忙整理了一下自己的羽毛,
箭一般飞离了扶桑树,坐进了辇车里。

五

"驾——"
羲和一抖缰绳,辇车便向东方天空极速飞驶,

---

① 惺忪:形容刚睡醒时神志和眼睛还处于模糊不清的状态。鲁迅《故事新编·采薇》:"街道上行人还不多;所遇见的不过是睡眼惺忪的女人,在井边打水。"
② 辇车:古代宫廷中由多人挽拉的便车。这里指羲和驾驭的日车。
③ 熠熠:鲜明貌,闪烁貌。熠熠生辉:亮晶晶地发出光辉。

老大的翅膀情不自禁舒展开来,
全身瞬间绽放出耀眼的金光。
金光赶走黑夜,穿透云层,一点一点洒向人间。
"妈妈,请问我们是在做什么呀?"
"履行你的职责,给人间带来光明!"
"那么能不能慢点呀,我有点害怕!"
侧过身子,羲和腾出一只手,抚着大金乌的头说:
"好孩子,妈妈理解你。
但是,咱们必须按照特定的路线,
在特定的时间,到达特定的地点。"

六

正午十二点,龙车到达都广之野①的建木上方;
黄昏时刻,龙车降落在幽暗的黄泉②河畔。

---

① 都广之野:古代传说中的地名,说法甚多。一说,在西南黑水流经的地方,后稷就葬在这里。一说,都广之野是上古巴蜀农业文明的中心,也就是成都平原。《山海经·海内经》:"西南黑水之间,有都广之野,后稷葬焉。"袁珂校注:"杨慎《山海经补注》云:'黑水广都,今之成都也。'衡以地望,庶几近之。"

② 黄泉:一指地下的泉水。《孟子·滕文公下》:"夫蚓,上食槁壤,下饮黄泉。"唐元稹《酬乐天雨后见忆》诗:"黄泉便是通州郡,渐入深泥渐到州。"又指人死后埋葬的地方,或指阴间。《管子·小匡》:"应公之赐,杀之黄泉,死且不朽。"

"孩子,我只能陪伴你到这里了,
剩下的黄泉之路由乌龟爷爷陪你度过。"
"妈妈,为什么我不能和您一起从天空返回呢?"
"孩子,因为万物需要黑夜,人们需要休息。"
"妈妈,这里看起来好恐怖! 您不在身边,
我可怎么办啊?"
"孩子,你已经长大了。
总有一些路,需要你自己去走,
总有一些困难,需要你自己去面对。
别担心,你不会孤独的,乌龟爷爷会陪着你的。"

七

大金乌依依不舍地和妈妈挥手道别。
新奇、迷茫、恐惧、无助,
一时间,他心里五味杂陈。
这时,一只老乌龟慢慢地游到了他身边。
"乌龟爷爷,您好! 请多多指教!"
大金乌收束翅膀,端正地站好,恭敬地行礼。
乌龟爷爷似乎老眼昏花,微微一颔首,算是受了礼。
他郑重地告诫大金乌:

"这是一条充满危险的道路,你得小心谨慎。
不管你遭遇到什么,都要坚守自己的初心。
如果掉进黄泉水,你将尸骨无存,也就见不到妈妈了!"
大金乌忐忑①地点了点头,暗暗给自己打气,
用力扇了扇翅膀,在地上磨了磨尖尖的喙,
蹭了蹭锋利的脚爪,然后才跳到龟背上。
乌龟爷爷的背啊,坚韧宽阔,沟壑纵横。

八

"天哪,那是什么?"
大金乌看见一个虎头牛身、长着三只眼的怪物,
双手鲜血淋漓,朝他恶狠狠地瞪眼。
"那是土伯,离他远点儿。"
乌龟爷爷泰然自若②,继续慢悠悠地向前游。
大金乌挪了挪脚,确保自己站稳。

---

① 忐忑:心神不定,胆怯。《西游记》第四五回:"八戒闻言,心中忐忑。"清蒲松龄《聊斋志异·巧娘》:"听松声谡谡,宵虫哀奏,中心忐忑,悔至如烧。"

② 泰然自若:不以为意,神情如常。形容临事从容镇定。《金史·颜盏门都传》:"门都性忠厚谨悫,安置营壁,尤能慎密。有敌忽来,虽矢石至前,泰然自若。"

黄泉岸边,长长的烛龙①懒洋洋地衔着微弱的烛火,
那光幽蓝幽蓝的,忽闪忽灭,若隐若现,
像幽灵②一样闪动跳跃。
大金乌神经紧绷,屏③住呼吸。
突然,头顶上一阵寒气。
一只蝙蝠掠过,扑来啄他的眼睛。
大金乌翅膀一挥,把蝙蝠结结实实地摔在了悬崖上。

九

"哧溜哧溜",一条冰冰凉凉的怪蛇,
悄无声息地缠住了大金乌的爪子,越缠越紧。
"噔噔噔",大金乌低下头,用尖尖的嘴拼命地啄,
那怪蛇尖叫了一声,赶紧溜走了。
黑风中还穿梭着一只只凶猛的大雕,

---

① 烛龙:神名,又名"烛阴"。对于其神格,众说纷纭,主要有山神、太阳神、北方之神、冥界之神四种说法,此处取冥界之神的说法。《楚辞·天问》:"日安不到,烛龙何照?"王逸注:"言天之西北有幽冥无日之国,有龙衔烛而照之也。"

② 幽灵:幽魂。指人死后的灵魂。亦泛指鬼神。宋欧阳修《贺九龙庙祈雪有应》诗:"真宰调神化,幽灵应不言。"

③ 屏(bǐng):抑止(呼吸)。这里指金乌在高度紧张的情况下,有意识地让呼吸变缓变轻,避免被发现。

黄泉岸边,长长的烛龙懒洋洋地衔着微弱的烛火,
那光幽蓝幽蓝的,忽闪忽灭,若隐若现,
像幽灵一样闪动跳跃。
大金乌神经紧绷,屏住呼吸。
突然,头顶上一阵寒气。
一只蝙蝠掠过,扑来啄他的眼睛。
大金乌翅膀一挥,把蝙蝠结结实实地摔在了悬崖上。

稍不留神,就会被它们当作美餐。
大金乌只觉得头顶上的风,像一把把锋利的刀,
脚下的黄泉水,黑不见底,寒气逼人。
大金乌有点儿害怕,但他想起了妈妈和乌龟爷爷的叮嘱,
勇敢地稳住身体,坚强地渡过了每一个难关。

十

龟爷爷的背啊,沟壑纵横,坚韧踏实。
他从容不迫地游着,仿佛什么都不曾发生。
大金乌越斗越勇,
他站得稳稳的,玉树临风①。
一足提起,利爪暗藏,
双眼如炬,黑暗退让,
翅膀微耸,兵来将挡②。

---

① 玉树临风:亦作"临风玉树"。形容人像玉树一样潇洒,风姿绰约(多指男子)。

② 兵来将挡:指根据具体情况,采取灵活的对付办法。元无名氏《大战邳彤》:"主公,便好这兵来将挡,水来土掩。"

十一

胆战心惊①的黄泉之旅终于结束了!
羲和妈妈早就在甘渊等着他了。
大金乌羽毛凌乱,疲惫不堪,全身黯淡无光,
迫不及待地跳进了甘渊。
妈妈伸出温柔的手,为他清洗羽毛。
源源不断的能量从水底喷涌而出,
不露痕迹地滋养他的身体。
洗浴之后,大金乌光鲜亮丽,神清气爽,
灵巧地飞到扶桑树最下端枝条上的金窝里休息去了。

十二

日复一日,年复一年。
每天清晨,羲和驾车带着金乌从扶桑树顶出发,
到了晚上,金乌乘在龟背上经黄泉路返回甘渊,
而妈妈羲和总会在甘渊等着她的孩子,
细心地为他们清洗羽毛,给他们鼓励和支持。
这样,人间才有了白天黑夜,四季如常,
以及草木繁荣、鸟语花香和我们的幸福。

---

① 胆战心惊:形容十分害怕。

【衍说】

史载,羲和有许多的身份。

《山海经·大荒南经》记载的是羲和最原始的形象。她是日母,是人类光明的缔造者,是至高无上的太阳神。到了《楚辞》中,羲和就由"日母"变成了"日御"。《离骚》中有"吾令羲和弭节兮",《天问》中有"羲和之未扬,若华何光"之句;而据《尚书·尧典》,我们又可知羲和成了历官,并且一分为二,变成了羲氏、和氏两个人。其云:"乃命羲和,钦若昊天,历象日月星辰,敬授民时。"再到文人骚客的作品中,羲和的身份就更加多样,并形成一系列文学意象,如"羲和鞭日""羲和敲日""羲和倚日""羲和练日"等。至此可知,羲和的原始意象已从原始神话中逐渐解体,获得了更加丰富的时代内涵和审美意趣。

改编后的《羲和浴金乌》,神话要素和主要情节仍然依据的是早期原典,但又显然突破了原典所谓的"浴",而融入了古人关于太阳运行的"圆形"观念,并增加了更多人生成长的营养内容,其中最突出的就是母亲的作用和人生的磨砺。

初为母亲的羲和,把金乌宝贝们小心翼翼地,一个一个地捧到神奇的甘渊里去洗浴,她的内心一定母爱满满,一定是边给宝贝们洗浴,边默默祈祷:"愿宝贝们健康成长,喜乐平安!"这是天下所有母亲的共同心愿啊!从民俗学的角度来看，羲和浴日，大概就是后来新生儿"洗三"仪式的来源吧！

甘渊神泉提供的能量，能够帮助金乌们的身体神速成长。但身体的成长，并不意味着心灵的成长和独立。后者，既需要父母师长的关爱、引导，更需要孩子们不断去体验、实践，甚至试错。所以，这个故事又可以看作一篇寓言。

在孩子的成长中，妈妈的作用尤为重要。文中的羲和既是妈妈，又是引导者、管理者和陪伴者；既是督促工作的管家，又是恪守职责的马车夫。她注重工作仪态和示范的作用："脊背挺直，端坐在车夫的位置。"她强调工作规则："按照特定的路线，在特定的时间，到达特定的地点。"她包容，能接纳孩子们的消极情绪；她放手，温柔而坚定地让孩子们去尝试，并鼓励他们："总有一些路需要自己去走，总有一些困难需要自己去面对。"

乌龟爷爷象征着我们身边德高望重的长者。他有着丰富的人生经验，遇上懂事的年轻人，非常乐意帮上一把。人生中，这样的引导相当宝贵。初次见面，金乌先礼貌地向乌龟爷爷问好，通过基本的礼仪，表达了对长者的尊重。无疑，乌龟爷爷对此是满意的。所以，他不仅愿意驮着金乌，还语重心长地教导他要小心谨慎："不管你遭遇到什么，都要坚守自己的初心。"

黄泉之旅象征着孩子们成长中的艰辛。夜未央，风如刀，鬼火摇。嗜血的土伯、猖狂的蝙蝠、阴鸷的怪蛇、凶猛的大雕……金乌的黄泉之旅极其阴森恐怖，惊心动魄。一路走来，母亲和乌龟爷爷的支持鼓励，金乌的坚毅果敢，终使他平安归来。

　　成长，就在这样的经历之中。

淘气的太阳

刘勤 高蓉 撰
徐静 绘

【原典】

○（战国）《山海经·大荒东经》："汤谷上有扶木，一日方至，一日方出，皆载于乌。"

○（汉）郭宪《汉武帝别国洞冥记》："朔曰：'臣能使少者不老。'帝曰：'服何药耶？'朔曰：'东北有地日之草，西南有春生之鱼。'帝曰：'何以知之？'朔曰：'三足乌数下地食此草，羲和欲驭，以手掩乌目，不听下也。'"

○（晋）郭璞注《山海经·大荒南经》："羲和盖天地始生，主日月者也。"

○（唐）段成式《酉阳杂俎》："南方有地日草。三足乌欲下食此草，羲和之驭，以手掩乌目，食此则闷不复动。东方朔言：为小儿时，井陷，坠至地下，数十年无所寄托。有人引之，令往此草。中隔红泉，不得渡。其人以一只履，因乘泛红泉，得草处，食之。"

○（明）杨慎《艺林伐山》："南荒有地日草，日中三足乌欲下食此草，羲和驭之，以手掩乌目。"

【今绎】

一

女神羲和每天都驾着日车①护送自己的宝贝儿子,
在天空中按照预定的轨道飞行。
可是,孩子们一天天长大,却有了自己的想法。
"妈妈,我们已经长大了,可以自己驾车出去了!"
老大从羲和的怀里钻出来不耐烦地说。

二

"是啊,妈妈,让我们自己驾车出去吧!"
老二也说。 接着其他的金乌也跟着附和。
羲和果断摇摇头说:"孩子们,你们还太小,
要驾驭日车恐怕不行!"

---

① 日车:太阳。太阳每天运行不息,故以"日车"喻之。亦指神话中太阳所乘的六龙驾的车,本文取此义。清陆以湉《冷庐杂识·谭涤生诗》:"羲和鞭日车,欲去不得恋。"

女神羲和每天都驾着日车护送自己的宝贝儿子,
在天空中按照预定的轨道飞行。

"妈妈,您放心吧,我们每天看您如何驾车,早就都学会了!"

"对! 妈妈,我们能行!"

思考片刻后,羲和决定让老大先试试。

三

老大临行前,妈妈羲和站在日车边殷切①地叮嘱:

"孩子,你记住,日车必须按照预定的轨道运行。

若离地面太近,会炙烤大地上的生灵;

若离得太远,温度不够,植物就结不出丰硕②的果实!

拉着日车的是八条飞龙③,

你拉一拉左边的缰绳,它们就会向左转弯,

拉一拉右边的缰绳,它们就会向右转弯……"

---

① 殷切:深厚而迫切。

② 丰硕:该词词义甚多。一指丰满、肥胖。唐李德裕《次柳氏旧闻》:"吴皇后年幼体弱,皇孙体未舒,负妪惶惑,乃以宫中诸子同日生而体貌丰硕者以进。"二指丰富、充实。明归有光《宋孺人寿序》:"闽之物产,博大丰硕,离奇怪异。荔枝龙眼,海物之珍,溢于大官。"三指果实饱满而硕大。本文取第三义。

③ 飞龙:能飞的龙。《庄子·逍遥游》:"藐姑射之山,有神人居焉,肌肤若冰雪,淖约若处子。不食五谷,吸风饮露。乘云气,御飞龙,而游乎四海之外。"《楚辞·九歌·湘君》:"驾飞龙兮北征,邅吾道兮洞庭 。"

四

羲和的话还没说完,老大已经迫不及待地驾上日车飞走了。

第一次独自驾车,老大非常兴奋。

他坐在日车里,左看看,右看看,

对一切都充满了好奇。

当日车正飞行到最高点的时候,

大金乌眼珠骨碌一转,想要试试转弯儿,

于是拉了拉左边的缰绳。

飞龙们得到命令,立刻调转方向,向左飞行。

大金乌又拉了拉右边的缰绳,

飞龙们又调转方向,朝右边飞行。

五

大金乌玩心大起,两条缰绳一起拉,

八条飞龙俯冲而下,朝地面冲去。

他不知道,两条缰绳一起拉,是代表停止的意思。

金乌灼热的火焰靠近地面:

花草树木都被点燃了,

河流湖泊都被晒干了,

第一次独自驾车,老大非常兴奋。
他坐在日车里,左看看,右看看,
对一切都充满了好奇。

金乌灼热的火焰靠近地面:
花草树木都被点燃了,
河流湖泊都被晒干了,
鸟兽虫鱼都被烤焦了!

鸟兽虫鱼都被烤焦了!

六

"孩子,快住手!"羲和一直在暗中观察,
发现大儿子闯了大祸,立刻追上日车,夺过缰绳,
将日车驱使上预定的轨道。
羲和又唤来风伯①、雨师②,降下大雨,熄灭了天火。
自己的儿子犯下大错,羲和非常自责。
可是,儿子们终有一天要长大,总会离开自己的保护。
她不能总一直陪着儿子,一定要想个办法才行。

七

驾车太危险,羲和决定让儿子们自己飞行出去巡天。
老幺是兄弟们中飞行技术最好的,

---

① 风伯:神话传说中称主司刮风的天神。《楚辞·远游》:"风伯为余先驱兮,氛埃辟而清凉。"

② 雨师:古代传说中司雨的神。《周礼·春官·大宗伯》:"以槱燎祀司中、司命、飌师、雨师。"唐白居易《和三月三十日四十韵》:"雨师习习洒,云将飘飘鬐。"

第一个站了出来:"妈妈,让我去试一试吧!"
羲和将飞行高度仔细讲给老幺听,
老幺连连点头:"妈妈,你放心,我一定好好完成任务。"
羲和目送着小金乌从扶桑树的枝头飞走,
又早早地在甘渊等着他。
好在一日无事,羲和才放心。

八

之后,金乌们轮流出去巡天,安安稳稳。
突然一日,羲和发现,本该在天空当值的儿子不见了。
羲和赶回扶桑,其他儿子也不见了。
羲和大惊,驾着日车在四极六合间寻找。
原来,在昆仑山的东北方高低起伏的原野上,
长满了金黄的地日之草①。
羲和远远看到,一群黑色的金乌正在草地上欢快地吃草呢,
一蹦一跳,犹如移动的黑珍珠。

---

① 地日之草:古代传说中食之使人不老的草。

羲和远远看到,
一群黑色的金乌正在草地上欢快地吃草呢,
一蹦一跳,犹如移动的黑珍珠。

九

羲和气不打一处来,
长袖一卷,十只金乌在空中打了个旋儿,
被吸进了羲和宽大的长袖里。
羲和将金乌们带回扶桑树,训斥了一番。
"妈妈,我们知道错了。"
金乌们垂头认错,保证以后不会再犯。
可是,地日之草太美味了,
金乌们还是经常偷偷跑去昆仑山吃草。

十

羲和知道孩子们的小把戏,
她也清楚,贪吃是孩子的本性。
为了不耽误大事,
羲和让金乌们蒙上眼睛出去巡天,
并让他们每天轮流去采集地日之草,
只有认真完成了巡天的任务,
才能吃到美味多汁的地日之草。
金乌们有了动力,更加尽职尽责地巡天,

而在这过程中,金乌们逐渐领略到自己肩上的担子,自己的一举一动,都会对人间造成不可忽视的影响。他们开始打心底里爱上这份工作,勤勤恳恳,甚至有时会忘记吃饭的时间。

为了不耽误大事,
羲和让金乌们蒙上眼睛出去巡天。

【衍说】

从神话的发展来说,羲和原本指太阳、太阳神,因为最初的崇拜都是自然崇拜,最初的天体崇拜就是天体本身。据《山海经·大荒南经》郭璞注及引《归藏·启筮》可知,羲和最初是"天地始生,主日月者",神格极高。然后才发展出人格化的羲和,并给她配上了夫婿,成为帝喾之妻、太阳之母。再后来,羲和的地位让位于太阳,成为日御(如《楚辞·离骚》、《初学记》引《淮南子》)。并且随着神话的历史演化,羲和一分为二,成为历官(如《尚书·尧典》《世本·作篇》)。从性别来说,太阳最初为女神无疑,但后来无一例外都变成了男神。其变化的整个过程,都是女神失落的过程(参阅龚维英《女神的失落》)。

对于"日载于乌"或"日中有乌"的阐释,众说纷纭。一说,日在天空甚高,唯有高飞之鸟可接近,人们在大地上仰头便可见"日载于乌"或"日中有乌"的景象;一说,大自然中,能致远者唯乌,而太阳又是东升西落,人们便很自然地类比联想到这是乌的功能;一说,殷商时期,人们就观测到了太阳黑子的存在,尤其到了汉代,古代天文学发展到一定高度,人们对太阳黑子的观测处于常态化,于是"日载于乌"神话被"日中有乌"所替代,此"乌"即太阳黑子。

除此之外,学界更为流行,也涉及更多繁复考证的是,认为"乌"即"三足乌",即帝俊,所多出的一足正是代表着男性生殖器崇拜的兴起和父权的来临。后来一些典籍对此也有所反映,如《春秋元命苞》云:"阳成于三,故日中有三足乌。乌者,阳精。"

放眼世界,太阳神话在每个国家、每个民族中,都占有很重要的地位。一般来说,太阳神在神话故事中往往是神秘的、高高在上的存在,他们有时甚至是狂傲而不尽人情的,如《后羿射日》中的太阳神。但在这篇改编后的《淘气的太阳》中,金乌们有家,有母亲。他们贪吃地日之草,也会犯错,也会改过,和普通的孩子没有区别。行文充满童趣和生活气息,别具一格。

每个孩子在成长的过程中都会渴望挣开父母的保护,去尝试更多更新鲜的东西,在这个过程中,可能会犯错,可能会受伤,甚至可能会闯下大祸,就像大金乌一样。但是,孩子总有一天要长大,如果父母因噎废食,始终不敢放手,一味地过度保护,孩子将永远学不会自己处理问题,永远不会长大。

羲和敢于放手让孩子去尝试,在发现孩子的问题后,又引导他们解决,从而让孩子在正确的道路上逐步成长。作为母亲,她当然很爱自己的孩子;但是她也明白,自己必须慢慢学会退出孩子的人生,才能让他们成长。面对孩子的种种问题,她始终都以引导者的身份出现,而非决策者的身份干预,这是值得每一位家长学习的。

月仙泪

刘勤 税小小 撰
徐静 绘

【原典】

○（战国）《山海经·大荒西经》："帝俊妻常羲，生月十有二。"

○（战国）屈原《楚辞·天问》："夜光何德，死则又育？"

○（汉）王充《论衡·说日》："月者，水之精也。"

○（宋）苏轼《水调歌头·明月几时有》："人有悲欢离合，月有阴晴圆缺，此事古难全。"

附：

○史为昆主编《中国神话与民间故事大全集·帝俊》："帝俊的另一个妻子常羲，为他生了十二个月亮女儿，她也常常带着女儿到水里洗澡。所以这些月亮女儿一个个都长得那么白皙漂亮，性格也很温柔，不像太阳儿子那么火暴。"

【今绎】

一

常羲①生了个女儿,叫阿娇。
她长着圆润精致的脸庞,
披着乌黑闪亮的长发。
花儿们探出头来,相互惊叹她的美貌;
鸟儿们唱着歌儿,赞颂她的光芒四射。

二

她在一个月中,
身体每天都在变化——
时而变化成调皮的女孩,

---

① 常羲:又称"常仪""月母",是神话传说中的月神,又传说其为孩子月亮驾车。常羲是帝俊的妻子,生了十二个月亮,即一年的十二个月。帝俊之称仅见于《山海经》,帝俊即帝喾。《山海经·大荒南经》:"大荒之中,有不庭之山,荣水穷焉。有人三身,帝俊妻娥皇,生此三身之国,姚姓,黍食,使四鸟。有渊四方,四隅皆达,北属黑水,南属大荒。北旁名曰少和之渊,南旁名曰从渊,舜之所浴也。"

时而变化成调皮的女孩,
时而变化成窈窕的少女,
时而变化成雍容的孕妇,
时而变化成佝偻的老妪。

时而变化成窈窕①的少女,
时而变化成雍容②的孕妇,
时而变化成佝偻③的老妪。
……
每天她都会忘记前一天发生的事情,
直到又变成相同的面貌才能记起。
就这样周而复始④,亘古不变。

三

这天,黄昏的时候,
乌云渐渐布满了西方的天空。
"今天人们是看不到月亮了,
我待在天上也没事儿,

---

① 窈窕(yǎo tiǎo):形容女子文静、美好,心灵和仪表兼美。《诗经·关雎》:"窈窕淑女,君子好逑。"

② 雍容(yōng róng):一是形容仪态温文大方。汉班固《汉书·薛宣朱博传》:"宣为人好威仪,进止雍容,甚可观也。"一是舒缓、从容。汉司马迁《史记·司马相如列传》:"相如之临邛,从车骑,雍容闲雅甚都。"文中形容阿娇变化成孕妇时温文大方的仪态。

③ 佝偻(gōu lóu):指人脊背向前弯曲着走路的样子。清纪昀《阅微草堂笔记·如是我闻四》:"一妇人白发垂项,佝偻携杖,似七八十以上人。"

④ 周而复始:指某一事物一次又一次地循环。出自《文子·自然》:"十二月运行,周而复始。"

不如去人间玩玩儿吧!"
这样想着,她便收起月车①,
一个人溜到人间去玩儿了。

四

落地处,刚好有一汪清池,
远远望去,像一个闪闪发光的银盘,
迎着晚霞,散发着阵阵软香。
她情不自禁地走进清清的池水,
感觉那扑面而来的芬芳,沁人心脾②,
让她身体的每个毛孔都那么自由愉悦!

---

① 月车:指神话传说中月亮所乘的车子。唐王勃《九成宫颂》:"赤骝俟驾,苍虬按节。月车宵移,星闱晓列。"
② 沁人心脾:沁:渗入,浸润。指吸入芳香气味、新鲜空气或喝了清凉饮料等时,感到舒适和愉快。也用来形容文艺作品的美好与感人所给予人的清新爽朗的感受。清魏秀仁《花月痕》第十六回:"那池里荷香一阵阵沁人心脾。"

她情不自禁地走进清清的池水，
感觉那扑面而来的芬芳，沁人心脾，
让她身体的每个毛孔都那么自由愉悦！

五

阿娇上岸整理长发的时候,
恰好一个英俊的年轻人走过,
借着落日的余晖,
他看见了阿娇那圆润精致的脸庞,
便立刻爱上了她。
阿娇从来没有见过这样的美男子,
也惊呆了。

六

年轻人问:"你是谁家的姑娘,
怎么这么晚还没有回家?
天黑了,我送你回去吧!"
阿娇一时不知道怎么回答,
只是低着头,又摇摇头。
年轻人又说:"明天我也在这里等你吧!
以这个玉佩为证,不见不散!"
说着从腰间取下一个玉佩,
塞到阿娇手里。

阿娇一时不知道怎么回答,
只是低着头,又摇摇头。
年轻人又说:"明天我也在这里等你吧!
以这个玉佩为证,不见不散!"

七

第二天傍晚，年轻人早早就去了池边。
可是左等右等啊，都不见阿娇出现，
直到晚霞完全褪①去，他才失望地回家。
年轻人躺在床上，翻来覆去睡不着，
总是想着昨天的美好画面。

八

第三天、第四天……
阿娇一直没有出现。
年轻人每天都去池边等待，
身体变得消瘦，面容也一天天憔悴②。
"一日不见，就像过了三月啊，
两日不见，就像过了三年啊，
心爱的姑娘，你在哪里啊！"
第二十九天，
年轻人坐在池边，嘴里唱着思念的歌曲，

---

① 褪：指颜色消退或消失。这里指晚霞完全消失。
② 憔悴：形容人瘦弱、瘦小，没有精神的样子，十分虚弱。

年轻人坐在池边，
嘴里唱着思念的歌曲，
忧伤的眼睛望着那一汪清池，
慢慢变成了一尊石头。

忧伤的眼睛望着那一汪清池,
慢慢变成了一尊石头。

九

第三十天,
阿娇再次变成少女。
"我来啦——"
她远远地举着玉佩,
高兴地向着池子这边挥舞。
可是,却没有人应答。
只看到池边一尊石头,
貌似他的模样。

十

阿娇抱着石像,
嘤嘤的哭声让整个空气都变得悲伤起来。
当她的眼泪落在石像的脸上时,
石像的眼睛里也流出了两行泪水。

阿娇再次变成少女,
只看到池边一尊石头,
貌似他的模样。

每当变成少女的时候,
她都会来到池边陪伴石像。

十一

月亮在一月之中,
每天都在变化,
当她变化成孕妇的时候,
不会记起她变化成少女的事情,
这就是这个故事悲剧的根源。
你抬头仰望天上的月亮吧,
是不是看到她正在汩汩①地流着眼泪呢!

---

① 汩汩(gǔ gǔ):或形容水或其他液体流动的声音。《文选·木华〈海赋〉》:"崩云屑雨,浤浤汩汩。"唐李善注:"浤浤汩汩,波浪之声也。"或是形容盛貌。唐元结《咸池》诗:"至德汩兮,顺之以先。"或指沉没、沦落。宋林逋《杂兴》诗之二:"一壑等闲甘汩汩,五门平昔避炎炎。"或形容水急流貌。唐韩愈《流水》诗:"汩汩几时休,从春复到秋。"或比喻文思源源不断或说话滔滔不绝。唐韩愈《答李翊书》:"当其取于心而注于手也,汩汩然来矣。"又或用于形容动荡不安貌。唐杜甫《自阆州领妻子却赴蜀山行》诗之一:"汩汩避群盗,悠悠经十年。"文中此处借以形容月仙泪流不止的样子。

【衍说】

本故事主要是根据月亮的阴性特质、变易属性（阴晴圆缺）、水月关系等虚构而来。

这是一个凄美的爱情故事，女主人公月亮女神最大的神性表现在她能不停变换，女孩、少女、孕妇、老妪……变幻莫测，威力无比。但是，她每天都记不得前一天发生的事情，除非一个月后，她又变成相同的样子。她变成少女的那天发生的爱情故事，必须要等到她下个月再变成少女的时候，才能继续。这个故事背后，对应的是月亮一个月中月相的不停变化，到了下一个月同样的时间，她才又变成相同的样子。

这样的周而复始的自然规律，是不以人的意志为转移的。

等待和守候，便成为本文最感人的篇章。"一日不见，如隔三秋。"男子言而有信，用情至深，终于变成了"望妻石"。少女阿娇也是言而有信，只可惜，这已经相隔了一个月。

为什么月亮女神不告诉男子真相呢，为什么不告诉他等待一个月便可相见呢？这样也不至于让男子相思而死啊！问题是，月亮神也不是万能的，它同样存在于自然规律之中，她既不记得前一日发生的事情，又怎么能预见一个月之后的情况呢？健忘的月亮，却不是她故意要遗忘，多么令人悲叹。冥冥自然，真是奥妙无穷啊！

况且，陷入一见钟情的阿娇，第一次情窦打开的她，又怎么能理性地分析问题呢?她"只是低着头,又摇摇头",竟然茫然不知所措,不知道回答什么。这是不是更能契合一个初恋女孩的状态呢?

神奇的大耳国

刘勤 王春宇 撰
安艳月 绘

【原典】

○(战国)《山海经·海外北经》:"聂耳之国在无肠国东,使两文虎,为人两手聂其耳。县居海水中,及水所出入奇物。两虎在其东。"

○(唐)李亢《独异志》卷上:"《山海经》有大耳国,其人寝(qǐn),常以一耳为席,一耳为衾(qīn)。"

○(宋)郭彖《睽车志》:"建炎间,泉州有人泛海,值恶风漂至一岛。其徒数人登岸,但见花草甚芳美,初无路径。行入一大林,有溪限其前,水石清浅。众皆揭涉,得一径,入大山谷间。俄见长人数十,身皆丈余,耳垂至腹,即前擒数人者,每两手各挈一人,提携而去,至山谷深处,举大铁笼罩之。长人常一人看守,倦即卧石上,卷其耳为枕焉。"

○(清)李汝珍《镜花缘》:"(多九公)道:'当日老夫曾在海外见一附庸小国,其人两耳下垂至足,就像两片蛤蜊壳,恰恰将人夹在其中。到了睡时,可以一耳作褥,一耳作被。还有两耳极大的,生下儿女,都可睡在其内。'"

○(清)唐训方《里语徵实》:"聂耳国在无肠国东,耳长过腰,手捧耳而行。大耳国,其人寝,常以一耳为席,一耳为衾。珠崖儋耳,其渠帅耳垂肩三寸。"

【今绎】

一

大海中的一个岛屿上,有一个国家,叫大耳国①。
那里的人长着又大又长的耳朵,
大得宽过了肩头,长得垂到了脚面。
大耳国人走起路来,两只耳朵甩来甩去,十分碍事,
只有用手拿着耳朵,才能正常行走。

二

到了晚上,
刺骨的海风吹得呜呜作响。
他们拿一只耳朵垫着当席子,
一只耳朵盖着当被子,
倒也十分方便、暖和。

---

① 大耳国:《山海经·海外北经》所载之聂耳国。

大海中的一个岛屿上,
有一个国家,叫大耳国。

他们静静地数着天上的星星,
很快便进入了甜蜜的梦乡。

三

他们想种田,
可是垂在地上的耳朵影响他们劳作;
他们想捕猎,
可是笨重的耳朵使他们追不上猎物。
不过,他们也并不感到绝望。
正所谓"靠山吃山,靠海吃海",
大海的宝藏是不可计量的,足以让大耳国人丰衣足食。
那平日里碍事的大耳朵,
在海里却能像鱼鳍般灵活地扇动;
而且一扇,就能游上好几里呢!
这使大耳国人个个都善于泅水①。

---

① 泅水:也叫泅渡,游水、游泳的意思。

那平日里碍事的大耳朵,
在海里却能像鱼鳍般灵活地扇动;
而且一扇,就能游上好几里呢!
这使大耳国人个个都善于泅水。

四

因此,他们便渐渐开始以捕鱼为生。
有一次,他们抓到了一条大鲸鱼,
全国的人吃了七天七夜。
他们还学会了经商。
因为水性好,他们总能寻找到海中的奇珍异宝,
什么红珊瑚啦,黑珍珠啦,玳瑁①啦……
没过多久,大耳国就以盛产珍宝而声名远扬了。

五

其他国家的商人纷纷带来他们的特产,
想和大耳国的人交换。
很快,大耳国人也穿上了丝绸做的衣服,
吃上了外国的美食,
并和很多国家的人成了朋友。

---

① 玳瑁(dài mào):海中像大龟的爬行动物,甲壳黄褐色,有黑斑,很光滑。可做装饰品,或入药,简称玳。

六

女子国①的人擅长做衣服,
她们做的衣服又轻又软,既别致又实用。
她们用这些衣服和大耳国人换了许多珊瑚、珍珠和海贝,
并把它们制作成精美的耳环、项链和手镯,
戴起来,别提有多美了!

七

大耳国有个女人看到了,
开始羡慕起女子国人小巧可爱的耳朵来。
只见那小巧玲珑的耳垂上挂着精致的耳环,
在阳光下一闪一闪的,
走起路来,发出清脆的"叮当"声。
她痴痴地望着,多么希望自己也有这样的耳朵啊!

---

① 女子国:女子国在巫咸国的背面,国中均为女人,没有男子。《山海经·海外西经》:"女子国,在巫咸北,两女子居,水周之。"

女子国的人擅长做衣服,

她们做的衣服又轻又软,既别致又实用。

她们用这些衣服和大耳国人换了许多珊瑚、珍珠和海贝,

并把它们制作成精美的耳环、项链和手镯,

戴起来,别提有多美了!

八

从此她开始讨厌自己的耳朵,
左看不顺眼,右看还是不顺眼。
她的心情糟透了,心里想:
如果我没有那样小巧玲珑的耳朵,
活在这个世界上还有什么意义呢?

九

她带了很多黑珍珠和大海贝,来到了巫咸国①,
请求大巫师把她的耳朵变得小巧可爱。
巫师叹了口气说:"你可要想清楚啊,
万物的存在都有它的理由!
没有多余的,也没有欠缺的。"
她听不进去,一心闹着要小耳朵。
大巫师实现了她的愿望。

---

① 巫咸国:在女丑国的北面,是一群巫师组成的国家。巫咸国的人左手拿着赤蛇,右手拿着青蛇,借由登葆山与上天沟通。《山海经·海外西经》:"巫咸国在女丑北,右手操青蛇,左手操赤蛇。在登葆山,群巫所从上下也。"

她带了很多黑珍珠和大海贝,
来到了巫咸国,
请求大巫师把她的耳朵变得小巧可爱。

十

变成小耳朵的她,兴高采烈地回到了大耳国时,
满心以为大家都会拥上前来赞叹她的美丽和时髦①。
没想到,大家投来的是奇怪、狐疑②的表情:
"她怎么变成这样了啊,太奇怪了!"
而且到了晚上,当大家都进入甜蜜梦乡的时候,
她冻得瑟瑟发抖③。
她再也没有大耳朵当席子和被子了!
更要命的是,没了大耳朵,
她再也无法在海中捕鱼、寻宝了。

---

① 时髦:古代指当代的俊杰,现指新颖趋时,本文指后者。

② 狐疑:一指犹豫。如《史记·淮阴侯列传》:"孟贲之狐疑,不如庸夫之必至也。"本文指猜疑、怀疑。《楚辞·离骚》:"欲从灵氛之吉占兮,心犹豫而狐疑。"

③ 瑟瑟发抖:瑟瑟,形容颤抖。一般指因寒冷或害怕而不停地哆嗦、发抖。

【衍说】

大耳国人的耳朵"大得宽过了肩头,长得垂到了脚面",固然为虚构,但是其中所隐含的古人"耳大福大"的价值判断和审美情趣却是真实存在的。

老子,名耳,号聃,聃即大耳之意。刘备也有一对大耳朵,长至肩。《三国志·蜀书·先主传》记载:"(先主刘备)身长七尺五寸,垂手下膝,顾自见其耳。"释迦牟尼"耳厚广大修长",且佛相之八十种随形好的第四十二种好便是大耳,即"耳轮阔大,成轮埵形"。如今泰北缅甸边界山区还有长耳族,他们用银饰把耳垂撑大,越大越好,寓意着幸福、长寿。所以,古人不仅不会觉得大耳奇怪、难看,反倒是将其视为有福之征。如此,谁不想拥有一对大耳呢?时至今日,无论是在庙庵僧道的相面中,还是在茶余饭后的谈资中,都认为大耳为福。

古人崇拜大耳,实际上是猪神崇拜和象神崇拜的遗存。猪和象,形象上都有着大耳、大腹的特征。在原始宗教中,这些都是"大母神"的象征,代表着丰产、福禄和长寿。根据原始信仰中局部代表整体的规律,对大耳的崇拜,实际上就是对猪神、象神的崇拜,就是对丰产、福禄、长寿等意义的追寻。因此,无论是用银饰把耳垂撑大,还是取大耳之名,都是模拟巫术的体现,因为在信仰者那里,模拟实现了某事，就表明果真实现了某事。

不过，本故事已经不是在说这一原始信仰本身，而是将其转变为了一篇现代寓言。

很多时候，我们做事情的效果和成败，取决于角度。正面的情绪一瞬间可以转化为负面的情绪，反之亦然，关键是看以什么为参照。以女子国的小耳朵为参照，大耳国的大耳朵奇丑无比；以大耳国的大耳朵为参照，女子国的小耳朵就特别奇怪。

大部分大耳国人接受了自己，坚信"天生我材必有用"，还发现了自己大耳朵的妙用，开辟了独特的生活模式：用大耳朵做席子和被子，用大耳朵在海中捕鱼寻宝。这让他们生活富足，并与各国朋友建立了友谊，这是发展自己特长的结果。正如巫咸国的巫师所说："万物的存在都有它的理由，没有多余的，也没有欠缺的。"

不过，大耳国的那位羡慕小耳朵的女人就是个反面教材了。她对自身的特点和长处没有清醒的认识，一味地羡慕别人，甚至到了厌世的地步。她花了很大代价拥有了梦寐以求的小耳朵，却没有换来国人的赞美，反而落得一个凄惨下场。我们应该学会接受任何状态下的自己，也应该认识到美是有特点和灵魂的，差异本身就是一种美。如果这个世界千篇一律，那何来五彩斑斓的大千世界呢？

思士和思女

刘勤 杨陈 撰
邹娟 绘

【原典】

○(战国)《山海经·大荒东经》:"有司幽之国。帝俊生晏龙,晏龙生司幽,司幽生思士,不妻;思女,不夫。食黍(shǔ),食兽,是使四鸟。"郭璞注"思士""思女"曰:"言其人直思而气通,魄合而生子,此《庄子》所谓'白鹢相视,眸子不运而风化'之类也。"张湛注"思士""思女"曰:"有思幽之国,思士不妻,思女不夫,精气潜感,不假交接而生子也。"

○(战国)《山海经·大荒东经》:"有中容之国。帝俊生中容,中容人食兽、木实,使四鸟:豹、虎、熊、罴(pí)。"

○(战国)《列子·天瑞》:"思士不妻而感,思女不夫而孕。"

○(宋)李昉编《太平御览》卷五十:"《山海经》曰:东口之山,君子之国,其人衣冠带剑。有司幽之民。帝俊生晏龙,晏龙生司幽,思士不妻,思女不夫。食黍,食兽,是使四鸟。"

○(清)傅山《傅山全书·使虎使四鸟》:"有司幽之国,食黍,食兽,是使四鸟。帝俊生晏龙,晏龙生司幽,司幽生思士,不妻;思女,不夫。"

【今绎】

一

大荒的东野,有个叫司幽①的国家,
由帝俊②的孙子司幽掌管着。
那里的男人特别勇猛,
不仅能捕食一般的飞禽走兽,
还能驯化四种非常凶猛的神兽:
老虎、豹子、黑熊和人熊③。

二

司幽国的女人长得极美,

---

① 司幽:古国名,位于大荒之中。司幽国的男子不娶妻,女子不嫁夫,靠相思孕育后代。

② 帝俊:古帝名,又作"帝夋"。由于帝俊的活动区域主要在东方,所以他也是上古时代东方民族的祖先神,是中国古代神话传说中的上古天帝。帝俊这一称谓只出现在《山海经》中,尤其是在《大荒》《海内》两经中。

③ 人熊:原典中为"罴"。罴是哺乳动物,身体庞大,肩部隆起,能爬树、游泳。掌和肉可食,皮可做褥子,胆可以入药。亦称"棕熊""马熊""人熊"。由于它的姿态五官像人,直立行走时更像人,所以此处将"罴"译为"人熊"。

那里的男人特别勇猛,

不仅能捕食一般的飞禽走兽,

还能驯化四种非常凶猛的神兽:

老虎、豹子、黑熊和人熊。

就算是整天在外面劳动,
皮肤也照样细嫩白皙。
她们身材高挑,腰肢婀娜①,
由内而外散发出健康之美。

三

为了争夺美人的战争终于爆发了。
有两个国家联合起来侵犯司幽国。
他们骑着烈马,拿着长箭,
长箭上涂上油脂,点燃火,
射向房屋旁的一个个草垛。
顿时,火光漫天……

四

为了保护司幽国的女人,

---

① 婀娜(ē nuó):形容柳枝等较为纤细的植物体态优美,这里指女子身姿优雅、轻盈柔美、亭亭玉立。曹植《洛神赋》:"含辞未吐,气若幽兰。华容婀娜,令我忘餐。"

也为了保卫自己的家园。

司幽国的男人们——

不管是年轻的、年幼的,还是年老的,

只要是男人,只要还能站立,

都拿起了自己的武器,

与敌人展开了生死搏斗。

五

同时,他们呼唤出四大神兽①:

老虎、豹子、黑熊和人熊,

把女子都转移到了安全的地方——

那是离司幽国很远的一座孤岛,

晶莹的弱水②环绕,

连鹅毛都要沉落,

只有四大猛兽可以飞跃而至。

---

① 神兽:中国古代民间传说中的神异之兽,如太阳烛照和太阴幽荧两仪二圣,青龙、白虎、朱雀、玄武四方神灵。它们常常出现在传统建筑中,有祛邪、避灾、祈福的作用。

② 弱水:古水名,发源于劳山,西流注入洛水。昆仑山北也有一条河流,其力不能胜芥,就连鹅毛这样轻的东西都要沉落,所以被称为弱水。这则故事中的弱水,就是昆仑山的弱水。《海内十洲记》:"凤麟洲在西海之中央,地方一千五百里。洲四面有弱水绕之,鸿毛不浮,不可越也。"

司幽国的男人们——

不管是年轻的、年幼的,还是年老的,

只要是男人,只要还能站立,

都拿起了自己的武器,

与敌人展开了生死搏斗。

同时,他们呼唤出四大神兽:
老虎、豹子、黑熊和人熊,
把女子都转移到了安全的地方——
那是离司幽国很远的一座孤岛,
晶莹的弱水环绕,
连鹅毛都要沉落。

六

从此司幽国的男人和女人分开了:
男人们继续生活在司幽国,守卫家园;
女人们生活在孤岛上,开辟新的生活。
男人们佩戴着宝剑,
下河捕鱼、上岸网兽;
女人们挎着竹篮,
开垦土地,种菜采桑。

七

司幽国的男人们一代代年老、去世,
留在司幽国的男孩们渐渐长大了。
他们从小到大看到的都是男人,
虽然听大人们讲起过女人,
说她们是如何的勤劳美丽,
但他们常常在想:她们到底是什么呢?
这样想着想着,男人们就陷入了无穷的思念。
相思非常痛苦,整夜整夜睡不着,
并因为这份思慕而怀孕,

渐渐从背上生出一个个孩子来。

八

孤岛上的女人们也一代代年老、去世,
送去孤岛的女孩们也渐渐长大了。
她们从小到大看到的都是女人,
虽然听大人们讲起过男人,
说他们是如何的正义勇敢,
但她们常常也想:他们到底是什么呢?
这样想着想着,女人们就陷入了无穷的思念,
她们非常痛苦,连吃饭也没有胃口,
并因为这份思慕肚子一天天大了起来,
渐渐从肚子中生出一个个孩子来。

九

这天,女人们正在采摘果子的时候,
天空突然出现四道霹雳①。

---

① 霹雳:响声巨大的急雷,是云层与地面之间发生的强烈的雷电现象。

这样想着想着,女人们就陷入了无穷的思念,
她们非常痛苦,连吃饭也没有胃口,
并因为这份思慕肚子一天天大了起来,
渐渐从肚子中生出一个个孩子来。

四大神兽:老虎、豹子、黑熊和人熊,
终于来接她们了。
她们终于可以回到盼望已久的国家了。

原来她们从小听到大的四大神兽:
老虎、豹子、黑熊和人熊,
终于来接她们了。
她们终于可以回到盼望已久的国家了。

十

就在女人们和男人们对视的一瞬间,
他们都愣住了,一动不动地望着对方。
男人惊讶极了,心里说:
"哇,我从来没有见过这么美妙的人儿,
原来,这就是女人!"
女人心里也很惊讶:
"哇,我从来没有见过这么威武的人儿,
原来,这就是男人!"

十一

男人身边的孩子就开始在女人堆里找"妈妈",
女人身边的孩子就开始在男人堆里找"爸爸",

分开的两半终于能够合二为一了!
从此,男人们负责种田捕猎,
女人们负责照顾家庭。
男人和女人再也不用经历痛苦的相思而怀孕生子了,
而是生活在一起,共同孕育后代,
一起建立幸福的家庭。

思士和思女

【衍说】

思士和思女相思成孕,是中国古代感生神话的典型。

感生神话,是远古流传下来的关于人类起源的"感天生人"信仰,通常由女子接触或感受日、月、星、云、风、虹、雷电等自然天象和龙、凤、鸟、树等动植物而受孕生子这一类现象表现出来,如:帝喾妃吞日生子,扶都见白气贯日生汤,女节感流星生少昊,女枢感虹光生颛顼,握登感大虹生舜,附宝感电光绕北斗生黄帝,华胥踏大迹生伏羲,姜嫄履神人迹生后稷,女登感神龙生炎帝,庆都遇赤龙生尧,简狄吞玄鸟生商,女修吞玄鸟生大业,童妾感龙精生褒姒,伊尹、孔子、颛顼生于空桑等等。

感生神话可分为两大类,一类是不自觉的,即产生于"知母不知父"思维;一类是自觉的,即知道两性媾精生子的秘密后,为了神化其祖先,故意将祖先说成感生。

此外,又有学者从思士和思女的故事中窥探到了先秦时期的两性的隔离制度。这种制度来源于原始社会的生产周期性隔离制度。在狩猎和耕种时期,为了抵御外敌入侵,保证经济活动的顺利进行,逐渐产生了一种男女隔离制度。这一制度限制了两性之间的联系,形成了男女性各自独立的团体。这一现象可以用来解释为何早期人类神话中出现了丈夫国和女儿国。

改编后的故事明显被作者赋予了全新的境界和意义。如果仍从两性隔离这一角度出发来解读思士与思女的话，我们可以将他们理解成因为战争而被迫隔离的男子团体和女子团体。

司幽国遭外敌入侵，男子和女子被迫分成了两支。男子上阵杀敌，四处奔走；女子躲避战乱，住在小岛。战乱不平，男子和女子就无法相见，只能莫名相思，他们的名字就是这样来的。所以，"思士"是指思念女子的男子，"思女"是指思念男子的女子。

靠着长辈们的描述，思士和思女深深地思念着对方，并莫名其妙地生出了爱慕之心、相思之情。更奇怪的是，因着这份感情，思士和思女都怀孕了。孩子从思士的背间跑出来了，从思女的肚子里生出来了。

细细思考，这种看似唯美的故事背后，又是多么沉重的话题啊！面对外敌入侵，司幽国的男子勇于面对，只要会拿剑的男人，都担负起保卫国家的责任。男人上阵杀敌是卫国，女子种菜采桑是建设家园。他们分工明确，团结协作，竭尽全力保卫家国。

战争持续了几百年，男人们和女人们渴望团圆，却无法团圆，但他们不气馁，不放弃，一代又一代，终于等来了和平。因此，从某种意义上说，这又是一个反战故事。男女的相思之痛，正是无数因为战乱而不得厮守的青年男女的椎心之痛，本故事以超现实的方式解决了孕育的问题，但在现实生活中，唯有和平才能有国，才能有家。所以我们每一个人，都应该珍惜和平、爱好和平，为共建和平、和谐的社会而不断奋斗。

对于家庭来说，一个完整的家，需要男人和女人共同去建造和呵护，失去了任何一方都不完整。故事中，思士和思女虽然能自我繁衍后代，但那毕竟是不完整的，所以，当分开几百年的两半终于合二为一的时候，他们的家才是幸福的。

参商永离

刘勤 高蓉 撰
安艳月 绘

【原典】

○(战国)《山海经·西山经》:"西水行四百里,曰流沙,二百里至于蠃母之山,神长乘司之,是天之九德也。其神状如人而犳尾。"

○(春秋)左丘明《国语·晋语四》:"吾闻晋之始封也,岁在大火,阏伯之星也,实纪商人。"

○(春秋)左丘明《左传·昭公元年》:"晋侯有疾,郑伯使公孙侨如晋聘,且问疾。叔向问焉,曰:'寡君之疾病,卜人曰实沈、台骀为祟。史莫之知,敢问此何神也?'子产曰:'昔高辛氏有二子,伯曰阏伯,季曰实沈,居于旷林,不相能也。日寻干戈,以相征讨。后帝不臧,迁阏伯于商丘,主辰。商人是因,故辰为商星。迁实沈于大夏,主参。唐人是因,以服事夏、商。其季世曰唐叔虞。当武王邑姜方震大叔,梦帝谓己:'余命而子曰虞,将与之唐,属诸参,其蕃育其子孙。'"

○(春秋)左丘明《左传·襄公九年》:"陶唐氏之火正阏伯居商丘,祀大火,而火纪时焉。相土因之,故商主大火。"

○《文选·晋纪总论》:"宗子无维城之助,而阏伯、实沈之郤岁构。"李善注:"阏伯、实沈,则参商也。"

○(清)李渔《笠翁对韵》:"牛女二星河左右,参商两曜斗西东。"

【今绎】

一

东方天空,一道赤色天火如流星一般向西飞冲。
西方天空,一道蓝色冰凌如流星一般向东飞冲。
"嘭——"的一声,天火与冰凌相撞,
在明净的天空中绽放出红与蓝的炫目光芒。
火花落入人间,触碰到的东西瞬间燃烧;
冰花落入人间,触碰到的东西瞬间冰封。
人间成了冰与火的炼狱①。

二

滚滚云层中,八条飞龙拉着一辆五彩的玉车飞奔而来,
帝詧站在车上,焦急地赶快撒开天网②,
将人间罩住,防止火花与冰凌落入人间。

---

① 炼狱:用以比喻险恶的境遇或经受锻炼的环境。
② 天网:出自《老子》:"天网恢恢,疏而不失。"认为天道就像网一样。此处引申为一种神器。

滚滚云层中,
八条飞龙拉着一辆五彩的玉车飞奔而来,
帝喾站在车上,
焦急地赶快撒开天网。

"阏伯①！ 实沈②！ 你们两个孽子还不快快住手！"

帝喾怒目圆睁，气得浑身颤抖。

两个儿子从小就不和，经常争吵打闹，

长大了不仅没收敛，反而愈演愈烈。

这一次，居然从九霄打到人间来了！

三

"父亲，你说，是我的火流星厉害，

还是他的水流星厉害！"

说话的是阏伯。他一身赤红，连头发都是红的。

"哼，当然是我的水流星厉害！"

实沈高傲地瞪着对面的阏伯，蓝白色的头发迎风飞扬。

"我厉害！"

"我厉害！"

阏伯和实沈互不相让，争得面红耳赤，

眼看又要打起来了！

---

① 阏伯（yān bó）：古代神话人名。子姓，名契（xiè，一作禼），帝喾高辛氏之长子，生母为简狄。商部落先祖，后用为商星的别称。

② 实沈（shí chén）：古代神话人名，传为帝喾之季子，后用为参星的别称。汉班固《汉书·律历志》："实沈，初毕十二度，立夏。中井初，小满。于夏为四月，商为五月，周为六月。终于井十五度。"

四

"你们给我住嘴!"

帝喾摇摇头,痛心地叹息。

没想到自己治国有方,

反而管不好自己的儿子!

"阏伯、实沈,你们太令我失望了!

既然你们互相不服气,那就分开吧!"

帝喾终于做了这个痛苦的决定,

将两个儿子发配到天地的两极:

阏伯被送去了东荒①,

实沈被送去了西荒②。

五

当然,身为人父,帝喾怎么会轻易放弃自己的儿子呢!

为了教化阏伯和实沈,

---

① 东荒:指东方极远之处。唐阎宽《春宵览月》诗:"月生东荒外,天云收夕阴。"相传古代京畿之外划分为侯、甸、绥、要、荒,称五服。服,五百里。荒服最远。

② 西荒:西方荒远之地。唐孟郊《感怀》诗:"群物归大化,六龙颓西荒。"

他找到九德之气所生的天神长乘①,
请求他做两人的师傅。
长乘驾着九德之车奔波于东荒和西荒,
每天用九德之歌感化阏伯和实沈,
并给他们讲古代圣贤哲人的故事。

六

可是阏伯和实沈并没有被感化,
他们召集了东荒和西荒的鬼魅妖魔,
再次交战于旷林②。
两人大打出手,毫无同胞手足之情。
旷林中冰与火交织,
不是树木焚毁,就是鸟兽冻死。
最后阏伯和实沈两败俱伤,
躺在地上奄奄一息的时候,
仍然凶狠地瞪着对方。

---

① 长乘(cháng chéng):神话人物。
② 旷林:深林。晋陶渊明《归鸟》诗:"翼翼归鸟,戢羽寒条,游不旷林,宿则森标。"

长乘驾着九德之车奔波于东荒和西荒,
每天用九德之歌感化阏伯和实沈,
并给他们讲古代圣贤哲人的故事。

可是阏伯和实沈并没有被感化,
他们召集了东荒和西荒的鬼魅妖魔,
再次交战于旷林。

七

帝喾深知两个儿子不可能和睦了,
于是将阏伯发配到商丘,掌管商星①;
把实沈发配到大夏,掌管参星②。
每当商星从东方升起,
参星已没于西方的地平线下;
当参星从东方升起,
商星也早没于西方的地平线下,
两颗星在天空中绝不会同时出现。

八

从此阏伯和实沈天各一方,永不相见。
两人仍然不甘心,想要追上对方,
可即使一个紧紧追着另一个的脚步,
却总是一个在东边升起,一个从西边落下,
中间永远隔着一片无法逾越的天空。

---

① 商星:二十八宿之一,也称"大辰""大火"。属东方苍龙七宿之一,是苍龙的心脏。
② 参星(shēn xīng):二十八宿之一,属西方白虎七宿之一。《晋书·天文志上》:"参星失色,军散败。"

九

上千年的追逐后,
阏伯和实沈终于明白,
两人永生永世都不可能再相见了。
阏伯在炎热的夏夜释放出流火的时候,
总会想起记忆里那一道寒冰;
实沈在冰冷的冬夜释放寒气时,
总会想起记忆里那道火辣的赤光。

十

仰望星空,
天蝎①和猎户②分别是夏天和冬天最显著的星座。
天蝎座身体部位的三颗星称为商星,
猎户座腰带处的三颗星称为参星,
始终一升一落,永不相见,
绝不可能同时出现于天空。

---

① 天蝎座:是十二星座黄道第八宫,位于天秤座之东,射手座之西,是一个接近银河中心的大星座。天蝎座是夏天最显眼的星座。

② 猎户座:是十二星座之黄道第二宫,位于白羊座与双子座之间,最佳观测时间在冬季。

因此，杜甫在《赠卫八处士》中吟咏："人生不相见，动如参与商。"借以表达亲友久别难逢的痛楚。

参商永离

【衍说】

这是一篇星宿释源神话,源于中国人民的远古星辰自然崇拜。《笠翁对韵》开篇的第一节第一段就说:"牛女二星河左右,参商两曜斗西东。"这里的参和商是二十八宿中的两宿。"参"是猎户座的α星,古人称为"参宿四",是冬日傍晚出现在头顶的一颗红色星星。"商"是天蝎座的α星,商即辰,也即是"心宿二"。此星又红又亮,靠近南方地平线,忽隐忽现,又叫作"大火星",是夏天傍晚出现在头顶的星星。

正是因为参宿居西方,心宿居东方,二星在天空中不仅距离遥远,而且分别出现在夏天和冬天,当然永远无法相见。古人往往把久别难逢比作参商难见。如杜甫的诗:"人生不相见,动如参与商。"古籍也早已据参星和商星的这种自然特征,将其拟人化为"日寻干戈",最后永不相见的兄弟,将天文现象和自然规律赋予了强烈的伦理道德色彩。

中国古代强调宗法血缘,"生儿子"是一个家庭甚至家族的喜事、大事。古人也强调"多子多福"。但是多子家庭又常常会充斥着兄弟相争、相残的各种矛盾,弄得家无宁日。文中的阏伯和实沈就是如此,他们从小就矛盾丛生,长大后愈演愈烈,以至于"从九重天打到人间",险些给人间酿成灭顶之灾。兄弟俩的争斗让他们的父亲帝喾痛不欲生,将二人先是发配到东西二荒,再是发配到商丘、大夏,永生永世不得相见。

读到第九段,可以看出兄弟二人似有悔意:"阏伯在炎热的夏夜释放出流火的时候,总会想起记忆里那一道寒冰;实沈在冰冷的冬夜释放寒气时,总会想起记忆里那道火辣的赤光。"可是,一切都太晚了。世人应懂得心怀感恩,珍惜我们所拥有的,万事"退一步海阔天空",可千万别学阏伯、实沈,负气斗狠,悔恨终生。

后世还有与参商关系完全相反的兄弟故事,比如至今民间仍有祭祀的俗神和合二仙(又称和合二圣、和合神),和合神原本应是手足情深的兄弟二人,后来演变为寒山、拾得,或者文殊、普贤。 如今广东有和合洞,无锡有和合祠。

叔均始牛耕

刘　勤　王春宇　撰
安艳月　绘

【原典】

○(战国)《山海经·大荒北经》:"叔均言之帝,后置之赤水之北。叔均乃为田祖。"

○(战国)《山海经·海内经》:"后稷是播百谷。稷之孙曰叔均,是始作牛耕。"

○(战国)《山海经·大荒西经》:"有西周之国,姬姓,食谷。有人方耕,名曰叔均。帝俊生后稷,稷降以百谷。稷之弟曰台玺,生叔均。叔均是代其父及稷播百谷,始作耕。"

○(战国)《山海经·海内经》:"帝俊生三身,三身生义均,义均是始为巧倕,是始作下民百巧。"郭璞云:"倕,尧巧工也。"

○(清)李慈铭《越缦堂读书记》:"又《山海经》云后稷叔均始作牛耕。"

附:

○山曼、李万鹏主编《中国民俗起源传说辞典·播种百谷的稷神》:"弃也能播植百谷,他从天上取百谷之种移植于人间,他的孙子名叫叔均,是第一个使用耕牛的人。"

【今绎】

一

新的一天在清脆的鸟鸣声中开始了,
在朝霞的拥抱下,太阳冉冉升起。
女人们准备好了早饭,
男人们填饱肚子,走出家门,
高高兴兴地在田里开始一天的劳作。
日复一日,不敢稍歇。

二

叔均①是后稷的孙子,
从小跟着大人们在田间劳作。
他好奇心很强,总是东看看、西瞅瞅,
不管什么事情都喜欢打破砂锅问到底。
大人们在田地里辛勤地劳作,

---

① 叔均:传说中后稷弟弟的儿子,他继承了父辈的事业,播种百谷,并开始用牛耕地。

叔均就坐在田埂上愉快地唱着自己编的歌：
"粮食怎么来？ 辛勤汗水浇。
力气怎么来？ 希望心中绕！"

三

叔均渐渐长大了，
长年在田野里奔跑的他，
皮肤被晒得黝黑发亮，
身上的肌肉结实饱满，
一双大手推起石磨来又稳又快。
育种、播种、除草、收割……
各方面的农耕知识都难不倒他。
大家都夸奖叔均是种地的一把好手：
"真不愧是后稷的孙子，
年纪轻轻，就已经可以当大家的老师了！"

四

虽然人们一如既往地勤劳，

大人们在田地里辛勤地劳作,
叔均就坐在田埂上愉快地唱着自己编的歌:
"粮食怎么来?辛勤汗水浇。
力气怎么来?希望心中绕!"

粮食的产量却一年不如一年了!

就说小麦吧,抽穗①后一点儿也不饱满,

有很多还是空壳。

到底是什么原因呢?

是阳光不够充足?

是雨水不够丰盈?

是虫害太过猖獗②?

叔均摇了摇头,陷入了沉思……

五

"下大雨了,收工吧!"

天空突然下起了瓢泼大雨③,

在田间沉思的叔均,

也急忙找了个屋角躲雨。

过了一会儿,雨停了,

---

① 抽穗:禾谷类作物发育完全的幼穗从剑叶鞘中伸出的时期或状态。
② 猖獗(chāng jué):猖,是指狗在闹市撒野。獗,是指狗因癫狂过度而昏厥在地。猖獗,形容狗撒野时间很长,无人能制止,最后自己昏厥。亦作猖蹶。本文指任意横行。出自汉代贾谊《新书·俗激》:"今世以侈靡相竞,而上无制度……其余猖蹶而趋之者,乃豕羊驱而往。"
③ 瓢泼大雨:像用瓢泼水那样的大雨,形容雨下得非常大的样子。

叔均蹲在墙角观察起两株豆苗来。

六

一株豆苗长得粗壮油绿——我们就叫它小油苗吧，
而旁边的另一株豆苗却柔细枯黄——我们叫它小枯苗吧。
小枯苗根部的土壤，
像石板一样坚硬光滑，
地面的雨水滑过，
竟然都汩汩地钻到那株小油苗脚下松软的土壤中去了！
小枯苗的根都显露出来了，
而小油苗的根却稳稳地埋在土里呢！

七

"对，对，就是这个原因！"
叔均一边自言自语，
一边像发现了新大陆似的，飞快地跑回麦田。
他仔细地观察麦苗的土壤，
果然都是硬邦邦的。

"就是了！ 土壤硬邦邦，雨水浸不透，阳光晒不透。
苗儿扎根浅，得不到充足的养料，就长不好！"
叔均把这个道理讲给大家听，
经验丰富的农人们恍然大悟，都表示赞同。

八

果然都是勤劳的庄稼人，说干就干！
大家挽起袖子，挥舞锄头，一起翻土。
太阳落山了，大家累得满头大汗，筋疲力尽，
可是只翻完了一小块儿田地。
"这样翻地，太慢了！ 要到猴年马月去了！"
叔均又陷入了沉思。

九

经过反复思考和实践，他终于想到了办法！
他砍来一根结实的 Y 形树枝，
然后把 Y 形树枝的下端削尖，
再套上 V 形的铸铁套子，
这就是铁犁了！

十

叔均把铁犁插入土中，
找来一个强壮的小伙子做实验。
小伙子把绳子套在身上往前面拉，
叔均手扶Y形树枝两端，在后面推，
下面的三角形铁犁就把土翻卷起来了！
这可比起挥动锄头省事儿多了。
可是铁犁沉重，始终还是费劲啊！
这时，身旁的黄牛甩了甩尾巴，
说话了："让我来试试吧！"
叔均说："对啊，牛的性格温顺，力气又大，最适合拉犁了。"

十一

犁过的土壤变得又松又软，
空气和雨水都可以轻轻松松地渗透进去，
农作物的根扎得又稳又深。
犁铧①还能破坏害虫埋在土里的卵，
来年的蝗虫、毛毛虫就少了很多。

---

① 犁铧(lí huá)：指安装在犁的下端，用来翻土的铁器，略呈三角形。

这时,身旁的黄牛甩了甩尾巴,说话了:"让我来试试吧!"

叔均说:"对啊,牛的性格温顺,力气又大,最适合拉犁了。"

农作物获得了大丰收,
人们高兴地围着收获的粮食又唱又跳,
簇拥着叔均,把他一次次抛向空中……
后世的人们感念叔均发明了牛耕,
尊称他为"田祖"①。

---

① 田祖:传说中始耕田者。《诗经·小雅·甫田》:"琴瑟击鼓,以御田祖。"

【衍说】

　　远古社会,人们依靠采集和渔猎而生活,生产水平低下,过着朝不保夕的日子。 正是原始农业的出现,在一定程度上保证了人们赖以生存的食物来源,带给了人们巨大的幸福。 人们在自然界中探索如何稳定地获取生产生活资料的曲折过程中衍生出了各种各样的神话,《叔均始牛耕》就是其中之一。 在这些农业神话中,我们可以看出原始先民对生命的渴望、对美好生活的追求以及锲而不舍的探索精神和无穷的创造力。

　　"孝"居儒家八德之首。 最大的"孝",则是承其志。 叔均能承祖父、父亲之志,是为大孝。 他的祖父,即周始祖"弃",被称为"后稷",是因为他在农业上有开创之功。《诗经·大雅·生民》正是周民族歌颂后稷事迹的史诗。 根据典籍记载可知,后稷最主要的成就是发现和培育了稷和大麦,也可能学会了辨别(或培育)土壤质量的方法,发现了杂草对农业的危害,能够选择优良种子进行耕种。 所以后稷时周人已经能种出多种粮食作物,农业发展到了较高水平。

　　但是此时的后稷尚未发现畜力的价值,农业劳作仍全部使用人工,这就大大局限了生产力的发展。 这种情况终于被后稷之孙叔均打破。 叔均发明了牛耕,取得了划时代的进步。 铁犁牛耕的出现,在很大程度上解放了人力,大大提高了农业生产劳作的效率,也使耕作更加精细,提高了农业产量和劳动效率。从此以后,人们便可开始大面积地开垦荒地了。牛耕的出现标志着人类生产力的进步,极大地促进了小农经济和社会的发展。

值得注意的是,故事中叔均最后的方法是牛身上套着绳子,拉着犁头,由人牵着牛在田地中行走,因此,叔均实际上就是"牵牛"的原型。后来秦人的先祖女修演变成了"织女",与"牵牛"叔均的故事进一步整合,遂成为脍炙人口的《牛郎织女》传说。

改编后的《叔均始牛耕》生活气息很浓。从小就充满好奇心的叔均,长大后也喜欢在生活实践中不断发现问题、思考和解决问题。面对粮食减产,其他人虽然也苦恼,但仍周而复始,唯有叔均勤于思考、坚持寻找答案。他之所以能够从小油苗和小枯苗身上发现导致粮食减产的真正原因,不仅有赖于他的一双精于观察、善于发现的眼睛,还在于他有一种热爱生活、不断进取的精神,所以才能看到别人看不到的问题。发明铁犁牛耕的过程,是观察生活、勤学勤思、实践出真知的过程,是从小发现到大发明的过程。

盘瓠和公主

刘 勤 李远莉 撰
徐 静 绘

【原典】

○（晋）干宝《搜神记》卷十四：“高辛氏，有老妇人，居于王宫，得耳疾，历时，医为挑治，出顶虫，大如茧。妇人去，后置以瓠篱，覆之以盘，俄尔顶虫乃化为犬。其文五色。因名盘瓠，遂畜之。时戎吴强盛，数侵边境，遣将征讨，不能擒胜。乃募天下有能得戎吴将军首者，赠金千斤，封邑万户，又赐以少女。后盘瓠衔得一头，将造王阙。王诊视之，即是戎吴。为之奈何？群臣皆曰：'盘瓠是畜，不可官秩，又不可妻。虽有功，无施也。'少女闻之，启王曰：'大王既以我许天下矣。盘瓠衔首而来，为国除害，此天命使然，岂狗之智力哉。王者重言，伯者重信，不可以女子微躯，而负明约于天下，国之祸也。'王惧而从之，令少女从盘瓠。盘瓠将女上南山，草木茂盛，无人行迹。于是女解去衣裳，为仆竖之结，着独力之衣，随盘瓠升山，入谷，止于石室之中。王悲思之，遣往视觅，天辄风雨，岭震，云晦，往者莫至。盖经三年，产六男六女。盘瓠死，后自相配偶，因为夫妇。”

○（南朝宋）范晔《后汉书·南蛮西南夷列传》：“昔高辛氏有犬戎之寇，帝患其侵暴，而征伐不克。乃访募天下，又能得犬戎之将吴将军头者，购黄金千镒，邑万家，又妻以少女。时帝有畜狗，其毛五采，名曰盘瓠。下令之后，盘瓠遂衔人头造阙下，群臣怪而诊之，乃吴将军首也。”

○(北魏)郦道元《水经注·沅水》:"盘瓠者,高辛氏之畜狗也,其毛五色,高辛氏患犬戎之暴,乃募天下有能得犬戎之将军吴将军头者,妻以少女。下令之后,盘瓠遂衔吴将军之首于阙下,帝大喜,未知所报。女闻之,以为信不可违,请行,乃以配之。盘瓠负妻入南山,上石室中。所处险绝,人迹不至。帝悲思之,遣使不得进,经二年,生六男六女。盘瓠死,因自相夫妻。织绩木皮,染以草实,好五色衣,裁制皆有尾。"

○(宋)罗泌《路史·发挥二·论盘瓠之妄》:"而应劭书遂以为高辛氏之犬,名曰盘瓠,妻帝之女,乃生六男六女,自相夫妇,是为南蛮。"

○(元)马端临《文献通考·四裔考五》:"昔帝喾时患犬戎入寇,乃访募天下,有能得犬戎之吴将军头者,妻以少女。时帝有畜狗,名曰盘瓠。遂衔其将军首而至,乃以女配之。盘瓠得女,负走入南山,止石穴中。生六男六女,因自相夫妻。织绩木皮,染以草实,好五色衣服,制裁皆有尾形。衣裳斑斓,语言侏离,其后滋蔓,号曰蛮夷。"

附:

蒋炳钊编著《畲族史稿》:"分布在各地的畲族,都相传其始祖是龙犬,名曰盘瓠,有的称为'龙公''龙麟'。畲族中相传的盘瓠传说的内容大意是:在上古时,高辛皇后耳痛三年,后太医从她的耳中挑出一条形似蚕的小虫,育于盘中,忽而变成龙犬,毫光显现,遍体锦绣。当时,高辛皇帝受番王欺侮,曾下诏求贤,榜示有能平番者,愿将第三公主嫁他为妻。龙犬得知,即揭榜直奔敌国,服侍番王三年。一日,它乘番王酒醉,咬下其头,渡海衔归,献给高辛帝。帝大喜,但不愿将公主下嫁给盘瓠。正在为难时,龙犬忽作人语曰:'将我放在金钟内,七天七夜便可变成人。'入钟六天,公主忧其饿死,打开金钟,果见已成人形,惟头未变。盘瓠与公主结婚后,入居深山,开山种田为生。生下三男一女,帝赐姓,长子姓盘名自能;次子姓兰名光辉;三子姓雷名巨佑;女称淑女,配给钟智琛。这是关于畲族始祖和姓氏来源的普遍说法。"

【今绎】

一

皇后有一天直喊耳朵疼,
整夜整夜地睡不着觉。
帝喾很担心,请来医生给她医治,
医生从皇后的耳朵里挑出来一只顶虫①。
这顶虫像蚕宝宝一样胖乎乎的,非常可爱。
皇后怕它跑掉,就用瓠②瓢把它盖住,
没想到,过了一会儿打开,
你猜顶虫爬出来变成了什么——
一只威武的大黄狗!
因为它曾被盖在瓠瓢里,
所以就给它取名为盘瓠③。

---

① 顶虫:古代传说中生于头颅的虫。
② 瓠(hù):一年生草本植物,茎蔓生,夏天开白花,果实长圆形,嫩时可食;也指这种植物的果实。本文指后者。
③ 盘瓠:古神话中人名,一说是畲族与瑶族的祖先。

二

当时边疆的戎吴①部落十分彪悍②,
经常发兵侵犯帝喾的领地。
打了很多次仗,帝喾都没有取得胜利。
于是帝喾发布了招贤榜,榜上说:
谁杀掉戎吴,就赏赐土地、珠宝,
并娶到帝喾美丽的小公主。

三

结果那只大黄狗盘瓠揭榜③,咬死了戎吴,
并衔着他的人头来到帝喾和群臣面前。
这可怎么办啊?
难道要把公主嫁给一只狗吗?

---

① 戎吴:戎,本指兵器。古代泛指西部的少数民族,如西戎。戎吴,这里大概指吴姓的少数民族或其首领。
② 彪悍:强悍,强壮而勇猛。
③ 揭榜:原指张贴文告,此处指揭下告示,表示应征。

于是帝喾发布了招贤榜,榜上说:
谁杀掉戎吴,就赏赐土地、珠宝,
并娶到帝喾美丽的小公主。
结果那只大黄狗盘瓠揭榜,咬死了戎吴。

大臣们纷纷反对。

帝喾当然也不愿意。

四

这时,公主说:

"我听说,戎吴首领非常厉害,没有人是他的对手。

大家想一想,如果盘瓠真的只是一只狗的话,

它怎么能战胜戎吴呢?

古书上曾说,能取得卓越[1]功勋[2]的,

一定是伟大的英雄。

我相信盘瓠是真正的英雄!

你们想想,它可是由顶虫变来的,

说不定也会变成人呢!"

---

[1] 卓越:高超出众。《南史·梁邵陵携王纶传》:"纶(萧纶)任情卓越,轻财爱士,不竞人利,府无储积。"

[2] 功勋:重大的贡献、特殊的功劳。《汉书·王莽传上》:"揆公德行,为天下纪;观公功勋,为万世基。"

五

大臣们窃窃私语①起来。

公主看了他们一眼,继续说:

"况且,父王您既然许诺将我嫁给杀敌英雄,

就应该说话算话,履行②诺言。

您如果违背诺言,不仅会被天下人耻笑③,

还有可能给国家招来祸患呀!"

六

"汪汪汪",

大黄狗听了公主的一番话,

摇头摆尾,好像很激动的样子,

它踱着沉稳有力的步伐,来到帝喾面前。

---

① 窃窃私语:窃窃,形容声音轻微细碎,也有暗中的意思。私,私下。窃窃私语指私下小声说话。

② 履行:实行、执行。《后汉书·宦者传·吕强》:"储君副主,宜讽诵斯言;南面当国,宜履行其事。"

③ 耻笑:鄙视嘲笑。元高文秀《保成公径赴渑池会》第一折:"倘若与他交锋,若俺军不利,枉惹各国耻笑。"

看着这只威风凛凛①的大黄狗,

帝喾还是摇了摇头。

这时,盘瓠居然两只脚站立起来,

像人一样说话:

"帝喾大王,我可以变成人。

只要将我放在金钟罩里七天七夜就好!"

七

帝喾大吃一惊,但还是半信半疑。

他命人搬来金钟罩,

把盘瓠罩在里面。

一天、两天、三天……

六天过去了,金钟罩还是没有丝毫反应。

公主每天都会来看望盘瓠,并把饭菜放在金钟罩旁:

"这样密不透气,不吃不喝,他会不会发生意外啊!"

公主越想越担心,自言自语道:

---

① 威风凛凛:形容声势气派令人敬畏。《水浒传》第十三回:"杨志看那人时,身材凛凛,七尺以上长短,面圆耳大,唇阔口方,腮边一部落腮胡须,威风凛凛,相貌堂堂。"

"帝喾大王,我可以变成人。只要将我放在金钟罩里七天七夜就好!"

他命人搬来金钟罩,
把盘瓠罩在里面。
一天、两天、三天……
六天过去了,金钟罩还是没有丝毫反应。

"我就撬①起金钟罩,趴着轻轻看一眼就好。"

八

可是正当她撬开金钟罩的时候,
突然从里面冒出一股青烟,
盘瓠出现在公主面前:
俊俏的脸庞,挺拔的身板,粗壮的四肢,
可是还拖着一条长长的狗尾巴。

九

"真对不起,都怪我!"
他们居然异口同声②地说出这句话。
"不,怪我!"公主说,"是我破坏了你继续变身。"
"不,怪我!"盘瓠说,"是我要让你受这样的苦。"
帝喾被感动了,终于同意了他们的婚事。

---

① 撬(qiào):指用杠棒或尖利的工具借助支点拨动或挑起东西。
② 异口同声:不同的人说出同样的话。形容意见相同。《宋书·庾炳之传》:"今之事迹,异口同音,便是彰著,政未测得物之数耳。"

盘瓠出现在公主面前:
俊俏的脸庞,挺拔的身板,粗壮的四肢,
可是还拖着一条长长的狗尾巴。

十

公主跟着盘瓠到了南山,
那里草木茂盛,风景优美,
夫妻二人开荒垦地,辛勤劳作,
过上了平淡而幸福的生活。
记不得多少年过去了,
这里繁衍出了盘瓠族。
今天盘瓠族的后代在祭祀①祖先的时候,
还常常装上一条假尾巴呢!

---

① 祭祀:备供品向神佛或祖先行礼,表示崇敬并求护佑。《史记·白起王翦列传》:"死而非其罪,秦人怜之,乡邑皆祭祀焉。"

公主跟着盘瓠到了南山,
那里草木茂盛,风景优美,
夫妻二人开荒垦地,辛勤劳作,
过上了平淡而幸福的生活。

【衍说】

盘瓠神话主要有盘瓠杀敌建立功勋、变形、与公主婚配等几个情节。表面上看,人犬通婚荒诞不经,实际上这反映了人类早期的图腾信仰。这种人兽婚母题,是特定历史阶段的产物。图腾作为氏族的"印记",其意义不仅是一种信仰,而且表达出一种族内所需要并被每个成员所公认的"血缘关系"。另外,在盘瓠神话中,盘瓠是神犬,公主是人。盘瓠与公主婚配生下儿女,氏族部落不断壮大。这反映了当时"只知其母,不知其父"的母系氏族社会背景,以及从母系氏族早期的"血缘家庭"群婚制过渡到对偶婚制的历史真实,反映了当时人兽相依的生活方式。

不过,盘瓠和公主的结合,是在盘瓠变身之后。之前狗形的盘瓠受到重重阻碍,经过变身,注入了人的因素,与犬的形象有了本质区别,方才成功。这又说明,随着母系氏族的演进、图腾时代的退出,"只知其母,不知其父"宣告破产。人们逐渐认识到男女媾精生殖的道理,所以原先单纯的图腾血缘关系发生转变,原来所信奉的神灵也被赋予了新的精神内涵。

《盘瓠与公主》中的主人公盘瓠,有很多优点:一是勇敢果毅,临危不惧,奔赴前线;二是作战机智勇猛,获敌首级;三是爱情忠贞,温柔体贴。值得注意的是,在以往的故事中，公主的形象是平面化的，而本故事中的公主形象十分丰满：一是以大义为重，坚守诚信，不以盘瓠为"异类"；二是甘愿清贫，放弃荣华富贵，随夫远离城邦；三是自力更生、自食其力，从而懿范千秋。其中，最引人注意的莫过于她执意要嫁给盘瓠一事。

细加分析，公主此举并非任性胡为，而是她能先于别人洞悉盘瓠的不凡。故事中提出了两条推测依据。一是，盘瓠由顶虫而来，出生神异非常，且变化无端，这为变化成人提供了可能性。二是，盘瓠揭榜并咬死了劲敌戎吴首领，建立了卓越功勋，绝非一般人所能办到的，更别说是一只狗了，这就为盘瓠的不凡埋下了伏笔。

每个女人都有英雄情结，都愿意嫁给真正的英雄。这正是公主勇于站出来争取爱情和婚姻的内在动力。至于她对帝喾说的那番大道理："父王您既然许诺将我嫁给杀敌英雄，就应该说话算话，履行诺言。您如果违背诺言，不仅会被天下人耻笑，还有可能给国家招来祸患呀！"这也应是基于此的大义情怀吧！

后 记

本来打算于年初出版的这套新书《中华远古神话衍说·三皇五帝》(共八本),因为疫情的影响,只得延后出版。 不过,这也才使原本因为忙碌而缺失的后记有机会补上。

2020年春节,这场突如其来的新冠肺炎,一方面拉大了人与人之间的距离,甚至于隔绝或永别,另一方面也无形中缩短了人们心灵的距离。 泱泱中华,空前团结,用德行感动着世界。 疫情如同一面照妖镜,照出世间百态,照出国际风云。 与此同时,也放慢了我们的脚步,让我们有了更多时间去回忆、去思考、去展望。

诚然,中华民族自古以来就具有勇于担当、不畏艰险的精神。 这套丛书里的故事,无论是大家比较熟悉的《夸父逐日》《精卫填海》《女娲补天》等,还是比较陌生的《青要山女罗》《黄帝斩恶夔》《孤独的旱魃》等,无不体现着这种精神。 中华民族还是个崇尚天道、充满仁爱的礼仪之邦,这体现在《三年成都》《承云之歌》《凤鸟立志》等故事中。 此外,中国古代的民主和法制精神,同样也可以在本丛书的故事中找到,如《绝地通天》《后土与噎鸣》《陆吾和英招》等。 甚至有对人性的思索,如《简狄和建疵》《神奇的大耳国》《月仙泪》等。当然，每一篇神话故事，我们若从不同的角度去思考和解读，又会有不同层面的获得。但有一点是共通的，那就是我们在祖述我们伟大祖先和神话英雄的同时，难道不也正是在千百遍地肯定着、传播着这些精神吗？统而言之，与西方神灵崇尚个人主义、高高在上不同，中国神灵崇尚家国天下，始终关怀着民生、代表着民意。

荣格早就指出，对于散失了灵魂的现代人来说，神话意味着重新教会我们做人。坎贝尔用他神话学专业的敏感告诉人们，古老神话永恒地释放着正能量。关于神话，摩尔根、马克思、恩格斯，其实都有过卓有见识的探索，对于其中所蕴含的人类智慧质素，也从不吝赞美。神话思维，与务实、中庸等一样，同样是我们这个民族的基因。

神话是一个民族的根。它连接着古代与现代，使伟大祖先和神话英雄们的血液仍在我们身体里汩汩流淌。传承是我们信仰的核心。越是久远，越是本质。朋友们，跟随这套书，来进行我们的文化寻根吧！不仅是自己的寻根、孩童的寻根，更是每一位中华儿女的寻根。这不是历史的考证的寻根，而是想象的心理的寻根，这才是真正的本质的寻根，才是"我从哪里来""我要到哪里去"的寻根。所寻之根，血脉之源，生命所系，民族所倚，万物所梦。

我写这套书有几个促因。

以我个人在神话研究领域的工作来说，这是我所做努力的第二个阶段。第一个阶段是从性别文化的角度对中国古代神话做整体性研究。2004年的夏天，我师从恩师李诚先生进行硕士阶段的学习，由此开始了我的神话研究之旅。后来，我的博士研究方向，依然是中国古代神话。在恩师项楚先生的指导下，三年的深耕细作，别有洞天。工作以后，在忙碌的教学之余，我仍然舍不得放弃神话研究，先后主持完成了"女性神灵研究""性别文化视域下的神话叙事研究""从厕神看中国文化的基质与动力""中国厕神信仰考论"等神话类课题。尤其是2014年我主持国家社科基金项目"中国厕神信仰考论"时，对中国神话的存在状态和意义又有了新的认知。我渐渐感受到，中国是不缺乏优秀文化的。

同年10月15日，习总书记在北京全国文艺工作座谈会上指出，文化是民族生存和发展的重要力量，文化自信是更基础、更广泛、更深厚的自信。因此，当代社会需要结合新的时代条件传承和弘扬中华优秀传统文化，不断增强中华优秀传统文化的生命力、影响力，增强中华儿女的文化自信，实现中华文化的创造性转化和创新性发展。

在此过程中，越来越多的人参与到传承经典、发扬文明的大潮中来，近年掀起的"国学热"就是其中一例。我理解，"文化自信"的本质，就是对民族之根的自信；"国学热"的背后，就是对民族之根的追求。如前所述，中国神话连接着古代与现代。时至今日，伟大祖先和神话英雄们的血液仍在我们身体里汩汩流淌。中国神话，是最相宜的寻根之路。随后我便开设了一门选修课"中国古代神话"。在授课的过程中,很多学生对神话非常感兴趣。我在梳理神话原典的同时,也常加上自己的研究心得,拓展开来,不知不觉讲了一个学期。不过那时,我的主要精力不在此,对神话的普及工作还未做深入的思考。

2015年5月,我的女儿上颐满三岁。她开始对神话特别感兴趣。这时,我也有机会开始系统搜罗神话普及类读物。但结果却让我疑惑:怎么会没有写给我女儿的神话故事呢?在中国的大地上,竟然西方神话故事多于中国神话故事,难道中国神话故事就那么寥寥无几吗?百年来,中国神话研究已经取得了丰硕的成果,但这些研究成果被束之高阁,大众无法触及。市面上的神话读物,大体有以下几个倾向。第一,故事重复、陈旧。第二,或是死守原典的直接翻译,或是无甚依据的随意改编。第三,也有取材于学术论著者,但专业性太强而大众审美性、可读性不足。第四,教育意义比较单一、生硬,未能与时俱进。而且,最为关键的是,大众对神话的理解并没有比一百年前更先进。神话本是一个民族的根,却被误认为是迷信;它本是一个国家的自信,而被误认为不切实际;它本是如今仍然汩汩流淌在我们身体里的鲜血,却被误认为是早已僵死在氏族时代的枯槁。正值经典阐释如火如荼的时代,我们为何唯独忘了神话?一想到这里,我便萌生出做一套大众类神话读物的愿想,产生了讲好中国神话故事的想法,甚至努力暂时撇开日常杂事,试着从专业学科的角度来思考谋划。一方面,可以讲给女儿听听,也算我作为母亲的一片心意。另一方面,也想弥补"国学热"中的一个缺环。

不久,好友许诗红的"力文斋"画室搞活动,邀请我去做嘉宾。她是个非常出色的画家,一手创办的"力文斋"也已经走过了 21 个春秋。多少孩子在这里收获了精湛的画艺、脱俗的审美,以及精彩的人生,她大概已经记不清了。那天,我们举办了"你讲我画"活动,即我讲神话故事,孩子们绘画。活动非常成功。后来我的朋友、学生们也积极参与进来。此后,我们又在成都周边的多所学校中多次组织这类活动,取得了很好的效果。这段随缘经历不仅让我获得了不少"讲故事"的技巧,更让我了解了大众(尤其是青少年儿童)对于神话故事的渴求、对于文化寻根的执着。与此同时,我要出版一套普及类中国古代神话小书的愿想更加迫切了,而且书写形式也更明晰了。

让我感到无比幸福的是,不少朋友听说这件事后主动给我打电话、发微信,表示对这套小书很感兴趣,希望在条件允许的情况下,能出一份绵薄之力。他们有的是大学教授、高级教师、律师、作家、心理咨询师等已经工作了的"社会人",有的是我一手带大的研究生"娃娃"。李进宁、严焱、高蓉、付雨桁、税小小等参与部分文本写作;王自华、杨陈、王春宇、李远莉、苏德等不仅参与部分文本写作,还参与了出版前的校对工作;安艳月、王舒啸、韩玲等参与部分插画的绘制……凡为此书有过贡献者,我均已署名,在此不一一列举。特别是在我出国客座那一年，上述诸君为此书付出的心血与精力，是非常令人动容的。此间的汗水与泪水，狮子山下的509专家工作室可以见证；此间的情谊与幸福，早已经浸润在我们共同的作品中。

此外，我还特别感谢施维、陶人勇、肖卫东、许诗红等老师的指导，以及李诚、刘跃进、叶舒宪、周明等先生的推荐。感谢生活·读书·新知三联书店慧眼识珠，不遗余力地给予支持。正如前言所说，这套书的创新性是显而易见的，但是肯定还存在着不少问题，真切希望各位读者能不吝赐教，以便于我们进一步改进，讲好中国故事。

弹指五载，白驹过隙。启动此事，米儿才三岁，转眼就八岁了。参与者中有好几位母亲，应该和我感同身受吧！插画小组的韩玲，我初见她时，还是个苗条的小姑娘，转眼就做母亲了。我总预感，读者不仅能从这套丛书中读到有趣的神话，肯定也能嗅出几分母爱的天性吧！

最后，谨以此书献给雷上颐、林子言、梁泠芘、王晨曦、王艺晗小朋友。

是为记。

彦序　上颐斋

2020年4月29日